新世紀超級英雄
HERO TEAM 03

游諾天

24歲，Hero Team事務所的執行製作人，個性冷靜、實事求是、相當努力的男人，日夜都在工作，令人尊敬也令人擔心。為了讓ＨＴ重新成為一流的事務所，願意做任何事。

超能力

「電子世界」，能夠潛入電子世界（digital world），從而控制電子產品，甚至是電腦網路。

星銀騎士 胡靜蘭

24歲，看起來和藹可親、嬌柔可憐。ＨＴ創辦者胡飛揚的女兒，是現在ＨＴ的臨時代理人。小時候因為遇上車禍，雙腳殘廢，所以必須靠輪椅來活動。

超能力

「星銀之力」，能夠操控金屬的能力。在化身成星銀騎士時，她會把附近的金屬組合成中世紀騎士的盔甲穿在身上。

爆靈 火野 光

Legend Chaser事務所旗下的超級英雄、前ＨＴ的超級英雄。曾經憧憬超級英雄的少女，但因為努力得不到回報，所以心灰意冷。經常處在脾氣爆發的邊緣。

超能力

「人工爆彈」，能夠把碰觸到的東西變成炸彈，並控制它在何時爆炸。

Kung Fu Girl

功夫少女 關銀鈴

16歲，ＨＴ事務所的熱血新人。自小夢想當超級英雄，行為處事卻有點冒失，經常會闖禍。因為憧憬曾隸屬ＨＴ、現已退役的「星銀騎士」，想盡辦法應徵進入ＨＴ。

超能力

「超人身體」，限時一小時，此期間內她刀槍不入、百毒不侵、力大無窮，變成名副其實的超人。

Devil Sniper

惡魔槍手 許筱瑩

17歲，ＨＴ事務所的英雄。渾身散發出生人勿近的氣息，總是以冷靜的目光看待事情，經常板起臉孔、對人毫不客氣，就像一隻刺蝟。

超能力

「惡魔槍手」，能夠憑空變出槍械，並且控制發射出來的子彈速度和軌跡，甚至是短暫消失。

Thousands Face

千面 藍可儀

17歲，和母親相依為命，聽從媽媽的建議來ＨＴ超級英雄。她本身是一個極容易害羞、缺乏自信、內向的女孩，經常畏首畏尾，殊不知自己很受民眾歡迎。

超能力

「千變萬化」，能夠在一瞬間變成任何人，不過只限外貌，衣著和能力並不會跟著變化。

Contents

序　章　既然這樣，就給我好好休息！ 005
第一章　你還有事情瞞著我，對嗎？ 015
第二章　是超厲害的節目才對！ 039
第三章　她們可以做得更好 073
第四章　這不是現在該想的事情 093
第五章　你們該不是故意的吧！ 135
第六章　為什麼會在這種時候挪開鏡頭？ 167
第七章　妳一定做得到 199
終　章　這樣才有打倒的價值 245

序章
既然這樣，就給我好好休息！

「哥哥，我最討厭你了。」

她這樣說。

「我真的好討厭你……每次見到你和赤月姐姐打鬧、和靜蘭姐一起喝茶的時候，我就很想抓住你的衣領，大聲告訴你：『我才是你的妹妹！』」

「……我當然知道。」

游諾天喉頭一緊，幾乎要喘不過氣來，可是他仍然咬緊牙關，拚命擠出這句話。

「哥哥你根本不明白……」她輕輕搖頭，「哥哥，可以答應我一件事嗎？」

她突然改變話題，游諾天卻毫不在意，只是悄然握緊拳頭，然後對著她露出微笑。

「傻瓜，我有拒絕過妳嗎？」

「嘻嘻……」

她終於笑了。

這是自從兩星期以來，她第一次對他笑。

「哥哥，請你救救ＨＴ吧。」

她奮力撐起上半身，把臉湊近游諾天的眼前。

「不可以讓它毀在我的手上……」

聲音氣若游絲，但它化身成一條絲線，緊緊繫在游諾天的心頭之上。

然後，褐色的眼眸哭了。

「諾天！」

胡靜蘭推著輪椅進入病房，游諾天馬上轉過頭，神情淡然地看著她。游諾天的臉孔略嫌慘白，一貫冷峻的氣息削弱了幾分，但是眼神依然精悍；反觀胡靜蘭，她現在根本是慌張得花容失色，非但臉色鐵青，橢圓形鏡片下的雙眼更是睜得老大，一直以來平靜的樣子蕩然無存。

「妳沒有回去嗎？」

「你在說什麼啊！醫生，請問他怎麼了嗎？」

胡靜蘭氣急敗壞，反而來診的醫生氣定神閒。

他在診斷書上寫了幾個字，然後慢條斯理地說：「不用擔心，他們只是太過操勞，患了輕微肺炎，好好休息兩個星期就可以了。」

胡靜蘭隨即安心地吁一口氣，可是仍然緊張地看著游諾天。

「你還好嗎？」

「醫生已經說沒什麼大不了了吧？」游諾天輕聲嘆息，「不過，真的要住院休息兩星期嗎？馬上就是新年了，有很多事情要做好準備。」

「至少要休息一個星期，之後也請避免繁重的工作，要以身體為先。」

「這樣啊……」

游諾天似乎不太滿意醫生這個回答，但他沒再多說，醫生交代了一些事情之後，便爽快離開病房。

「真是的，偏偏在這種時候……她們呢？都回去了嗎？」

「她們本來想留下來，但我讓她們先回去了。」

「是嗎？」

游諾天點了點頭。

除了樣子看起來有點憔悴之外，他似乎和平時沒什麼分別，不過胡靜蘭看著他，眉頭不禁皺了起來。

「諾天。」

「怎麼了？」

游諾天不可能沒有察覺到她皺起眉頭，但他的態度仍然和平常一樣——看到他這個樣子，胡靜蘭更加肯定了。

「剛才發生了什麼事？」

游諾天沉默了。

這只是短短一剎那，恐怕連一秒都不到，但胡靜蘭沒有忽略它。

「……妳在說什麼？」

「醫生說你和赤月是因為太操勞，患了肺炎才會突然倒下。考慮到你們這個星期都在通宵工作，這也是理所當然的，不過……剛才的確發生了一些事情，對嗎？」

游諾天又沉默了，這一次不只是短短一秒，而是一直沉默著。

——該說出真話嗎？

身體實在太沉重了，游諾天根本不能好好思考，他好想就這樣把事情一口氣說出來，之後他就可以閉上雙眼，好好休息了吧？

然而，他不能說。

「……沒有。」

這次換胡靜蘭沉默了。

誰都聽得出游諾天在隱瞞一些事情，但他沒有動搖，反而筆直地望著她。

胡靜蘭心頭突然一痛。

她馬上抿著唇，直視著游諾天。她知道他為什麼不願意說出真相——即使他說出來，

她也幫不到忙，更加重要的是他不想傷害她。

「……諾天，告訴我吧。現在的我沒有力量，什麼事都做不到……不過，要我看著你一個人把事情扛在身上，我真的好痛苦！」

胡靜蘭握起游諾天的手，拚命強忍住身體的顫抖。

「我知道自己很自私，一直以來都躲在安全的地方，把所有麻煩和痛苦的事情都推給你……這兩年來，我真的很感謝你！也正因如此，這一次我不可以視而不見，你和赤月會突然倒下，肯定不只是太過操勞——」

「不，我們真的是太拚命，所以才會累倒的。」

游諾天猝然打斷胡靜蘭的話，胡靜蘭一怔，良久未能回過神來。

接著，當她終於理解游諾天真正的意思後，雙眼馬上變得通紅，然後收回雙手。

「……是嗎？」

她低著頭，聲音變得沙啞。

「既然這樣，你就給我好好休息！這兩個星期你都不用回去，我會接手你的工作！」

憤怒的咆哮響徹病房，之後胡靜蘭頭也不回，憤然推著輪椅離去。

病房霎時間變得冷清。除了空調運作的聲音外，就只剩下游諾天以及躺在另一張病床

上的赤月的呼吸聲。

游諾天默默看著房門好一會，沒有人再打開它，它就這樣子關起來，隔開病房和外面的世界。

游諾天終於忍不住嘆一口氣。

「妳早就醒來了吧？」

「這個嘛……我不否認。」

赤月馬上睜開雙眼，緩緩坐了起來。她和游諾天一樣臉色慘白，而且一直穿在身上的偵探服飾被換成病人服，讓本就身材嬌小的她看起來更顯柔弱——唯獨火紅色的雙眸仍然像在默默燃燒，令游諾天稍微感到安心。

「什麼時候醒來的？」

「就在靜蘭衝進來的時候吧，我覺得你會惹怒她，所以繼續裝睡。」

「妳這傢伙，性格果然好糟糕。」

「我只是太了解你了，畢竟我曾經是你的女朋友呢。」

游諾天馬上白了赤月一眼，赤月立即笑了一笑，可是她很快便垂下眼簾。

「這樣真的好嗎？」

「妳在說什麼？」

「不要裝傻了，我當然是說那個紫衫女人的事。」

赤月輕輕咬著下唇，然後抬起頭望著游諾天。

「那個女人，明顯是衝著你來的。」

「我當然知道。」

「不只是這樣，她還提到——」

赤月話未說完，游諾天霍地舉起手，示意她停下來。

「我知道妳想說什麼，但現在不要說。」

「我知道你有顧慮，所以才會等到靜蘭離開才——」

「喀、喀、喀——」突然一連串清脆的聲音傳到耳邊，這不是敲門的聲音，而是逐漸迫近、不疾不徐的腳步聲。

「果然，靜蘭能察覺到事有蹊蹺，她不可能會察覺不到……」

游諾天輕輕嘆息，把手探向口袋，可是他馬上發現自己穿著的是醫院提供的病人服，所以裡面沒有任何巧克力。

於是，他又忍不住嘆一口氣，而在同一時間，病房門被人打開了。

「晚上好。」

純白色的服裝華麗現身，但那不是護士服或醫生袍，而是一套熨得整齊的白色西裝。

「我聽說你們昏倒了，所以特地來探望喔。」

西裝的主人嫣然一笑，游諾天只是回她一記白眼，赤月更是老實不客氣，露骨地嘖了一聲。

受到如此「熱烈的」歡迎，西裝主人非但不介意，她嘴邊的笑意反而變得更加濃厚。

這名突然現身的金髮女子，正是英管局外交部部長卡迪雅。

第一章

你還有事情瞞著我，對嗎？

「你們真是辛苦呢，聯合表演果然很累吧？」

廉價但濃郁的咖啡香味充斥整個病房，坐著的卡迪雅喝了一口，滿足地點了點頭。

「雖然是便宜貨，但味道不錯，要來試一口嗎？」

卡迪雅笑著把充當杯子的保溫瓶蓋遞給游諾天。

游諾天沒有接過，只是警戒地看著她，「我以前聽說過，英管局在審問犯人的時候，都會讓他們喝加料的咖啡。」

「我肯定這只是都市傳說，因為喔……」

嬌豔的紅唇劃出一抹笑容。

「我們才不會這麼仁慈呢。」

明亮的眼眸閃出不懷好意的光芒，之後她轉過頭，望著另一床的赤月。

「如果我真的是來審問你們的，首先我會綁起赤月妹妹，然後對她嚴刑拷打。」

「妳這個老太婆，果然有夠變態……我遲早會告發妳的。」

赤月馬上反瞪回去，但因為身體虛弱，所以聲音略嫌有氣無力。

「隨便妳，反正我們不會承認的，而且假如我們真的這樣做，赤月妹妹妳是不可能保持清醒的喔。」

「妳——」

「妳特地帶著保鑣來到這裡，不是為了說這些廢話吧？」

游諾天斷然中止二人的對話，赤月稍顯不悅，但她只是吐一口氣，而卡迪雅仍然掛著笑容，滿意地看著游諾天。

游諾天所言不虛。

現在病房裡面除了他們三人之外，還有一個男人站在門邊。他看起來很平凡——是實際意義上的平凡，普通人的臉孔、普通人的髮型、普通人的衣著，就連體型也是一個普通人，假如不是刻意去留意，在人群之中恐怕難以察覺他的身影。他現在挺直腰桿，雙手平放在身側，默默站在門邊。

「我當然不是為了說廢話才來的。」卡迪雅笑著說：「我剛才不是說了嗎？我聽說你們昏倒了，所以特地來探望。」

「真心話呢？」

「到底發生了什麼事情？」

卡迪雅臉上仍然掛著笑容，聲音卻異常嚴肅，如此反差，游諾天不禁一僵，但他很快便恢復過來。

「妳為什麼會這樣問？」

「我先說好，我不是你那位寶貝的臨時代理人，如果你想敷衍我，我馬上帶走赤月妹

妹，然後用英管局的方法好好疼愛她。」

卡迪雅皮笑肉不笑，而聽到她這個宣言，赤月雖然沒有表現出驚恐，但還是暗暗地嚥了一口氣，然後看著游諾天。

游諾天也是一臉平淡，不過他和赤月一樣，都知道卡迪雅並非在開玩笑。

「所以，我再問一次，到底發生了什麼事情？」

不由分說的強硬態度，直接壓向游諾天。

要正面面對，抑或轉身逃走——游諾天只有一個選擇。

「是一個穿著紫色連身裙的女人。」

「啊？」

卡迪雅立即挑起眉頭，盯著游諾天。

「她是什麼人？」

「我不知道。」游諾天老實回答：「她突然出現在我們面前，我根本不認識她，赤月也不認識。」

「除了紫色連身裙以外，她還有什麼特徵？」

「長頭髮，黑色的，有點波浪捲，還有……」

游諾天突然停了下來，他茫然地看著卡迪雅，然後轉頭望向赤月。

「……赤月，妳記得嗎？」

面對這個不明所以的問題，赤月立即皺起眉頭。

「你青年痴呆了嗎？我當然記得，她是穿著紫色連身裙，頭髮長及背部，黑色的，有點波浪…………」

赤月也猛地停了下來，她回望游諾天，一臉難以置信。

「你們該不會想說，忘記了她的樣子吧？」

「……看來就是這樣。」

游諾天皺起眉頭。他拚命想要回想起紫衫女子的樣貌，可是任憑他再努力，他只能記起最表面的特徵，但女子到底長得怎樣，他完全想不起來──就像是有人從他的腦海中把對方的樣子抹乾淨，只剩下一片模糊。

卡迪雅顯然不滿意這個答案，柳眉一緊，在眉心擠出一道皺紋。

「那麼，她對你們說過或做過什麼？」

「……她說，超級英雄的遊戲結束了。」

紫衫女子的最後一句話，游諾天倒是記得一清二楚，他立即抓緊拳頭，強忍住內心的激動。

「還有呢？」

「我們連續兩次打倒了『他』。」

卡迪雅眉頭隨即皺得更緊。

「這是什麼意思？」

「說到這，我有事要問妳。」游諾天不答反問：「ＳＶＴ是真實存在的，對吧？」

卡迪雅當場愣住。

她不是吃驚，也不是慌張——她早就想到游諾天會把兩件事連在一起，但見他不拐彎抹角，直接劈入重點，此舉似乎出乎她意料之外。

所以，她笑了。

「你真是不會挑提問的時間呢。」

雖然嘴巴這樣說，但她的笑容和剛才明顯不同，現在是真心的微笑。

「我必須要說，有些事情，知道之後就沒有回頭路喔？」

卡迪雅說話的時候，雙眼並非看著游諾天，而是看著另一邊的赤月。

「如果想去洗手間，現在是最好的時機。」

「真不巧，我現在不想去。」

「是嗎？」

嘴邊的笑意變得更加濃厚，接著卡迪雅舉起右手，一直站在門邊的男子立即從門邊走

到門的正中央，用身體擋住早已上鎖的房門。

然後，卡迪雅收起笑容。

「我先問你們，關於ＳＶＴ，你們知道什麼嗎？」

「除了他們的全名以外，其餘都不知道。」

「不，我連他們的全名是什麼都不知道。」

赤月馬上說道，卡迪雅沒有特別的反應，只是輕輕點頭。

「那麼，我就從頭說起吧。」

卡迪雅朝著瓶蓋倒咖啡，這一次她沒有喝，她就看著褐色的水面，淡淡吁一口氣。

「ＳＶＴ，是Super Villain Team的簡稱。」

「……什麼？」

赤月馬上皺起眉頭。她以為卡迪雅在開她玩笑，不過見游諾天也是一臉凝重，她立即一愣，然後眉頭皺得更緊。

也難怪她會有這種反應，因為Super Villain Team照字面解釋就是「超級壞蛋隊」，不只名稱可笑，就連其背後意義都相當可疑。

「……這到底是什麼東西？」

「坦白說，我們對他們的認識也僅限皮毛。」卡迪雅終於喝了一口咖啡，「他們最初

的出現，是在三年前。」

「咦？三年前……」

赤月連忙望向游諾天，果然一聽到「三年前」，他的臉色當場變得鐵青，甚至連呼吸都變得急促。

不過在他開口之前，卡迪雅率先接著說：「放心，雖然是三年前，但我們找不到他們和『那件事』有任何共通點，所以我們認為這只是巧合。」

「……妳說他們三年前就出現，不過我們從來沒聽過他們的傳聞。」

游諾天趁機吸一口氣，然後說出自己的疑問。

「因為直至一年前，他們都沒有任何實際的動作，只是偶爾在一些惡趣味的網站上發表偉論。」

「也就是說，他們本來只是一群活躍在鍵盤上的超級壞蛋。」

「正是這樣。」卡迪雅聳一聳肩，「他們一直宣稱要打倒現在的超級英雄，要讓ＮＣ再一次陷入混亂，有時候更會煞有介事地做出犯罪預告……坦白說，我從來沒有相信過這些流言，肯定是一些無稽之談，事實上他們公告過的所有犯罪預告，從來沒有一次成真。」

「但是有事情發生了，對嗎？」游諾天緊接著說。

「所以說，我真的有點喜歡你。」

卡迪雅立即勾起嘴角游諾天當然不買帳，只是無奈地嘆氣。

「不要說廢話，發生了什麼事情？」

卡迪雅仍然笑著，但也爽快地說下去：「大概一年前，我們收到一些令人在意的報告。這些報告來自不同的事務所，乍看之下沒有任何關聯，但是它們都有一個共通點。」

卡迪雅舉起食指，壓低了聲音。

「它們全部都是超級英雄遇上意外的報告。」

「……真的嗎？」

「放心，都是一些沒有傷亡的小事故，例如險些被失控的車子撞倒、被捲入路人的糾紛、工作的舞臺地板突然塌陷之類的……唯獨有一次，一名超級英雄因為意外受傷了，而事務所剛好騰不出人手，所以被迫取消原定的工作。」

游諾天本來認真地聽著卡迪雅說話，忽然他察覺到卡迪雅正用饒有趣味的眼神看著他，他馬上眯起雙眼，不悅地說：「幹嘛？」

「也許只是一個巧合，你知道這起唯一的意外，是什麼時候發生的嗎？」

誰會知道——話未說出口，游諾天駭然想到一個可能性。

「該不會是……」

游諾天不曉得是哪一位超級英雄受了傷、也不曉得他隸屬哪一間事務所，所以游諾天

根本不可能知道這是什麼時候發生的事情。

然而，卡迪雅會突然這樣問，就是說這件事和游諾天有關。

一間事務所被迫取消原定的工作，那麼他們的工作將會被另一間事務所頂替，如果是這件事——

「是夏日美食節嗎？」

「正確答案。」

卡迪雅瞇起雙眼，盯著游諾天。

「……妳在懷疑我們嗎？」游諾天說。

「坦白說，我曾經懷疑過。」卡迪雅笑了一笑，「不過這是毋庸置疑的犯罪，諒你再大膽也不敢這樣做吧？至於赤月妹妹，她的超能力雖然可怕，但要用來襲擊別人，未免太難為她了。」

「那麼，妳為什麼要用審問犯人的眼光看著我？」

「我覺得你不會這樣做，但正所謂狗急跳牆，人去到絕路，難免會做傻事……而且這種事，你應該很清楚吧？」

「換句話說，妳還在懷疑我們。」

游諾天瞪起雙眼，冷冷地盯著卡迪雅，卡迪雅見狀沒有驚慌，反而笑得更加高興。

「以我的身分，我不可能完全相信你們，而且要說巧合，未免太巧了……你們還記得英雄新星那件事嗎？」

卡迪雅故意望向赤月，赤月馬上輕咬下唇，不悅地說：「我當然記得，那個蜘蛛女和ＳＶＴ有關嗎？」

「經過審問，是沒有……但我卻不這樣想，尤其看到你們剛才的反應，我更加不相信她了。」

游諾天立即明白卡迪雅的意思，「妳覺得她的記憶被修改了。」

「那個蜘蛛女堅稱她是要向赤月妹妹報復，所以才會潛入會場。聽起來很合理，因為赤月妹妹年少氣盛，口沒遮攔，經常得罪別人，會被人怨恨也是無可厚非。」

「除了『年少』這一點以外，妳這個老太婆有資格說我嗎？」赤月馬上揶揄卡迪雅。

「就是這種可愛的態度，所以有那麼一刻，我真心覺得那個蜘蛛女真的是專門去襲擊妳的。」

眼見兩名女子又再針鋒相對，趁場面還未失控，游諾天率先把話題帶回來。

「為什麼妳會覺得她的記憶被人修改了？」

赤月偷偷嘖了一聲，游諾天裝作沒有聽見，繼續望著卡迪雅。

「因為赤月妹妹是臨時決定去英雄新星的會場，對嗎？」

「這個嘛……」赤月稍微一怔，然後不太肯定地說：「好像是吧？」

「既然連妳自己都不敢肯定，她為什麼會知道妳當天會去會場？真的要襲擊妳，到妳最喜歡的雪湖附近埋伏不是更好嗎？沒必要挑聚集了眾多超級英雄的地方下手。」

合情合理的推論，所以游諾天點了點頭，接著說：「的確，而且那傢伙也在……」

卡迪雅隨即挑起眉頭。

「那傢伙？誰？」

「曾經襲擊過我們兩次的人。」

游諾天把夏日美食節和英雄新星當天發生的事情如實告訴卡迪雅，卡迪雅事前並不知情，但聽著他的話，她並未顯得吃驚。

「原來發生了這種事，而且不只是你們，而是在場所有超級英雄都中了超能力……」

卡迪雅輕輕點著下巴，低頭沉思了一會。

「這種事，你應該向我們報告。」

「要我怎樣說？『我們旗下的超級英雄中了不知名的超能力，所以在臺上大打出手』這樣嗎？」

「如果你真的這樣說，我會懷疑你的精神狀況出了問題。」

「所以我才沒向你們報告。」游諾天沒好氣地說。

「但既然這樣……那個女人口中的他，就是指這傢伙吧？」

「除非我們在不知情的情況之下受過其他襲擊，不然我想不到別種可能。」

「這樣的話……」

神秘的紫衫女子、再加上偷偷襲擊超級英雄的神秘人，以及宣稱要打倒超級英雄的SVT——

卡迪雅仔細想著這些事情之間的關係，然後她不顧手中的咖啡已經變涼了，一口氣把它喝下去。

之後，嬌豔的嘴唇掛上一抹笑容。

「事情對我們有利呢。」

「妳想怎樣？」

「我以前說過了吧？我要借用你的超能力。」

卡迪雅站了起來，緩緩走到游諾天的床邊。

「……那我也再問一次，為什麼？」

「你是真的不知道，抑或是在裝傻扮啞？說起來……」

卡迪雅在游諾天的床邊坐下來，茶褐色的雙眸宛如要抓著他似的凝望著他。

「你還有事情瞞著我，對嗎？」

冷不防一記長矛直接刺來，游諾天幾乎被對方抓到破綻，不過他依舊不動聲色，輕握拳頭，沉著地說：「妳還想知道什麼？」

「那個女人為什麼會盯上你們呢？如果他們的目的是要打倒超級英雄，應該會找更有名氣的事務所才對吧？」

「她說那只是測試，而我們只不過不幸連續兩次遇到他們。」

游諾天說得鎮定，臉上的表情也不見一絲動搖，但卡迪雅明顯不相信他，她只是瞇起雙眼，一直盯著對方的一舉一動。

然後——

「是嗎？」

卡迪雅率先站起來，看到她這個動作，游諾天沒有特別的反應，只是默默看著她。

卡迪雅看看他，再看看另一邊的赤月，赤月也是一臉平靜，但在兩人視線相對的那一刻，赤月明顯避開了目光。

卡迪雅什麼都沒說，只是嫣然一笑。

「那麼，你們就好好休息吧，當我們準備就緒，我會來接你們的。」

留下這句話之後，卡迪雅便翩然離開病房。

聽著她逐漸遠去的腳步聲，赤月忍不住望向游諾天，而游諾天彷彿沒留意到赤月的視線，只是慢慢閉上雙眼，並且淡然地吁了一口氣。

「靜蘭姐！製作人他——」

「他很好。」

關銀鈴話未說完，胡靜蘭便冷冷地打斷她的話，她大吃一驚，眨了眨眼，以為自己聽錯了。

然而，這絕對不是她的錯覺。一直以來都文靜溫柔的胡靜蘭，現在正板起臉孔，散發出一股無形的怒氣。

「啊……」

關銀鈴嚇得退回到事務所的大廳，在關上辦公室大門的時候，更是格外小心，不敢發出半點聲音。

大額頭冒汗了。

不只是額頭，黃色運動服之下的身體都冒汗了。

現在天氣清涼，即使關銀鈴用盡全力奔跑也不會這樣全身冒汗，可是一想到胡靜蘭剛

才怒火中燒的表情，她就不由自主地發抖。

「……前輩，發生了什麼事情嗎？」

關銀鈴畏怯地望向比她更早回來的許筱瑩，許筱瑩隨即緊皺眉頭，然後用力地嘆了一口氣。

乍看之下，許筱瑩和平時沒有任何分別，一身黑色的裝扮配上厚重的護目鏡，表情依然不苟言笑，不過她其實和關銀鈴一樣，都是緊張地看著辦公室。

「我不知道。」

「該不會是製作人發生了什麼事……」

「至少不是出大問題。」

許筱瑩把手機往前遞出。

關銀鈴向前探頭，便見到許筱瑩和游諾天互傳的簡訊。許筱瑩沒有多問什麼，只是問他：「身體還好嗎？」

游諾天則如同往常一樣，簡潔地回了一句：「沒大礙，這兩星期要聽靜蘭的話。」

「製作人要休息兩個星期啊……」

「說是患了肺炎之類的。」許筱瑩收回手機，「之後找時間去探望他吧。」

「嗯！不如就今天吧！正好今天沒有——」

事務所的大門霍地打開，這一次跑進來的人是藍可儀，她就像看不到關銀鈴和許筱瑩似的，一口氣打開了辦公室的大門。

「請、請問！製作人他——」

「嗚哇！可儀，等一等——」

「他很好。」

關銀鈴來不及阻止藍可儀，辦公室內便傳出胡靜蘭冰冷的聲音，藍可儀立即嚇得顫抖，之後她鐵青著臉，驚慌地退回大廳。

「哎呀……」

「小、小鈴，這、這到底是……怎麼回事啊？」

藍可儀圓滾滾的臉被瀏海遮住了一半，誰都能看得出她一臉驚慌，而且她就像很冷似的緊緊抓住連帽外套。

關銀鈴見狀連忙抱住她的肩膀，然後搔著臉頰說：「這個嘛，我也不知道呢……」

——我到底在做什麼？

在辦公室外面，三名女孩似乎在竊竊私語，不過隔著房門，胡靜蘭聽不清楚。

「唉……」

胡靜蘭忍不住嘆一口氣。

自昨晚開始，她便一直悶悶不樂，滿肚子怨氣，但又無處發洩，所以今早三名女孩來問游諾天的事情時，她幾乎忍不住要爆發出來。

不，她其實已經爆發了。

「明明不是她們的錯啊……」

胡靜蘭脫下眼鏡，再一次嘆息。

她真的很煩躁。

雖然昨天的超級英雄嘉年華演出大成功，所以早在昨晚就有很多的新聞媒體爭相來採訪，今天早上還有很多商店打來商討合作，這絕對是值得慶祝的事情，偏偏在這種時候，游諾天竟然累倒住院了。

更重要的是，他明顯不是單純病倒，背後肯定發生了更加嚴重的事情。

「他不肯告訴我，是因為擔心我……」

胡靜蘭輕輕按著自己的雙腿，不甘心地抿著嘴。

她不願意承認這個事實，但又無法否認。

並不只有游諾天，其他人肯定都會擔心她——這不僅僅是因為她是女孩子的關係，她更是一個雙腳無力、必須倚靠輪椅才能行動的殘障人士。

——如果是以前，區區殘障絕對不成問題。

然而，現在殘障就是一具枷鎖，不只是她的，更是所有關心她的人的——

「……不是想這些事情的時候。」

胡靜蘭把臉頰埋在掌心之中，她屏住呼吸一會，然後用力拍打臉頰。

「現在，她們需要我。」

就像在說服自己，胡靜蘭輕聲喃喃後，便戴上眼鏡，推著輪椅慢慢朝大廳前進。

「啊！靜蘭姐……早安！」

一來到大廳，三名女孩明顯繃緊了身體，關銀鈴率先舉起手，向她打了一個很奇怪的招呼。

——我剛才到底做了什麼啊？

看著女孩們不安的樣子，胡靜蘭忍不住在內心嘆氣，她奮力掛上微笑，但心情未能馬上轉換過來，最終只能勉強勾起嘴角。

「抱歉，剛才我失禮了。」

「不、不用在意啦！肯定是製作人他嗚！」

關銀鈴突然一臉鐵青，胡靜蘭立即會意過來，然後無奈地虛掩臉頰。

——冷靜一點、冷靜一點！

「……諾天和赤月都患了輕微的肺炎，要休息兩個星期，所以在這段時間，我會暫時代替他處理工作的業務。」

「啊……」

關銀鈴仍然驚魂未定，過往的朝氣都不見了，現在她只敢縮著肩膀，乖乖地點頭。

「真的很抱歉，我有點焦躁……」

胡靜蘭輕輕嘆息一聲，三名女孩隨即面面相覷，最後許筱瑩開口：「靜蘭姐，我們一起努力吧。」

許筱瑩這句話明顯放輕了聲音，胡靜蘭聽到了，終於淡笑出來。

「嗯……這兩個星期，要請妳們多多指教了。」

「不用這麼客氣啦！」關銀鈴立即接著說：「我們都會當乖小孩，不會給靜蘭姐添麻煩的！」

「妳們不用遷就我，像平常那樣子就可以了。」

「我們平常就是乖孩子啦！」

見關銀鈴回復平日的傻勁，胡靜蘭總算稍微安心，她再一次淡然輕笑，之後拿出手機。

「那麼，我們先來確認這兩星期的行程。我行動不便，有些工作我未必可以跟去，但我會先聯絡另一邊，告訴他們這邊的情況，所以妳們可以放心。另外，下星期暫時沒有工

作，不過剛才已經有不少商店聯絡我們，希望和我們合作——」

胡靜蘭正要確認商店的名稱時，辦公室的電話響了，她還未回頭，關銀鈴便率先站起來。

「我來接吧！」

關銀鈴小跑步進辦公室，聽她接電話的語氣，對方似乎不是打錯電話，果然她很快便拿著無線話筒跑回來。

「靜蘭姐，是電視臺打來的！」

「咦？」

雖然不像關銀鈴一臉興奮，但胡靜蘭也稍微吃驚，她接過電話之際，悄然握緊了拳頭。

「你好，我是ＨＴ的臨時代理人胡靜蘭。」

「妳好，我是ＮＣ電視臺的編導。」電話線上是一個男子的聲音，「不好意思，其實我想找你們談工作的事情，所以我應該要找執行製作人才對？」

「我們的執行製作人病倒了，現在由我來暫替他的工作。」

「原來如此！那其實是這樣的，我今天打來，是想邀請你們參加我們正在籌辦的全新節目。」

——新節目！

胡靜蘭不禁驚喜地瞪大雙眼。NC電視臺有新節目並不罕見，但他們竟然邀請HT參加！胡靜蘭馬上想要聯絡游諾天，把這個天大的好消息告訴他，但她同時想起之前發生的事情，內心立即五味雜陳。

在動搖之前，胡靜蘭率先開口問道：「多謝你們的邀請，我們很有興趣，請問是什麼新節目呢？」

「關於這個，請問你們現在有空嗎？」

「有的，請說。」

「太好了！請稍等一下！」

對方說完之後，竟然就直接掛掉電話了。胡靜蘭當場一愣，就在她疑惑之際，事務所的大門忽然往內打開。

「你們好！」

男子的聲音相當響亮，就像一枚釘子結結實實地打在眾人身上，胡靜蘭稍微吃驚，之後她盯著對方的臉，眨了眨眼。

好大的眼鏡！

這不是誇張或嘲笑，而是簡單直接的事實。

男子戴著一副擋著半張臉的圓形大眼鏡，鏡片足足厚達半公分，簡直和舊式漫畫中的

厚重眼鏡一模一樣。在鏡片的扭曲之下，男子的眼睛看起來好大，而這雙大眼睛正高興地看著眾人。

「我是ＮＣ電視臺綜藝節目部的編導端木直，請多多指教！」

再一次，宏亮的聲音如同雷鳴一般響徹大廳。

第二章

是超厲害的節目才對！

「世上竟然有人的聲音比熱血白痴更煩人……」

「前輩，我就說我不是什麼熱血白痴啦！而且我的聲音才不煩人！」

「咳咳。」

兩名女孩在身後竊竊私語，端木直似乎聽不見，但胡靜蘭可是聽得一清二楚，所以她乾咳兩聲，阻止她們說下去。

「是端木先生，對嗎？」

「是的！請叫我阿直就可以了！」

端木直不只聲音響亮，似乎更是一個毛躁的人，說話的時候雙手總是在眼前揮動，不過他的笑容看起來真摯坦率，胡靜蘭因此稍微放下戒心。

而且人不可貌相，端木直雖然只稱呼自己為「編導」，但他遞給胡靜蘭的名片上，可是清清楚楚印著「高級編導」四個大字。他看起來只是三十出頭，能有此等地位，想必有過人之處。

「NC電視臺竟然主動前來拜訪，真是我們的榮幸。」

「胡小姐妳太客氣啦！」端木直笑著說：「實不相瞞，自從英雄新星之後，我就一直有留意你們呢！昨天的表演我也有去看，真的太精采了！所以這次我拚命遊說導演，一定要讓你們參加我們的新節目！」

「咦！新節目！靜蘭姐，這是怎麼一回事呀？」

關銀鈴興奮得雙眼發光，胡靜蘭隨即再乾咳兩聲，關銀鈴馬上察覺到自己失態，連忙尷尬地低下頭。

「對不起……不過，這到底是怎麼一回事？」

「就是字面的意思！」

端木直從背包取出一份文件交給胡靜蘭。

文件的標題是——**「超級英雄大亂鬥！！！！！」**

「這就是我們的新節目！」

「好像是好厲害的節目！」

「錯了！是超厲害的節目才對！」

關銀鈴和端木直就像說相聲似的，你一言我一語。看著這一幕，胡靜蘭忍不住輕笑出來，然後她低下頭，仔細閱讀新節目的計畫書。

由於文件的標題用了非常多的驚嘆號，胡靜蘭曾經以為這是相當重要的事情，但她看過計畫書之後發現，那似乎只是端木直的個人喜好用法。

大亂鬥，顧名思義就是「混戰」。ＮＣ明文禁止超級英雄私下打鬥，更別說要在公開場合互相對戰，更加是嚴正禁絕。

因此，雖稱為「大亂鬥」，但實際上就是一個競技節目。

「就像英雄新星那樣，我們的節目會以一個月為單位，第一個月的競技場地就是明星遊樂園！」

端木直興奮地解說。

「我們已經和明星遊樂園談好了，這次的節目將會拍攝五天四夜，在這段時間，遊樂園不會對外開放，全部設施都會讓我們使用！偷偷告訴你們，我們還特別設計了新的遊樂設施，是從未曝光的嶄新設施！」

「聽起來是很有趣的計畫呢。」胡靜蘭笑著說。

「對吧！最初上面其實不看好這個節目的，說什麼即使只是競技活動，本質上也是讓英雄們互相競爭，會影響英雄們在市民心中的形象，這根本是一派胡言啦！這個活動的重點，不是要打倒對方，而是超級英雄們齊心協力，團結一致突破難關！這不正是超級英雄的核心——愛與勇氣的最佳表現嗎？」

「我喜歡這個活動！愛與勇氣最棒了！」

闞銀鈴立即點頭附和，端木直聽到了，當場變得更加雀躍。

「我就知道妳會喜歡！那麼，請問你們願意參加這個新節目嗎？如果你們參加，我敢肯定節目會更加有趣！」

「靜蘭姐，我們參加吧！這是很難得的機會，如果製作人知道了，他一定會——」

不小心又提到游諾天，關銀鈴猝然一驚，連忙掩住嘴巴，幸好胡靜蘭只是稍微皺起眉頭，之後輕輕一笑。

「的確，如果諾天知道這個消息，他一定會很高興，而且也會答應參加。」

「言下之意，是你們願意參加嗎！」

端木直馬上雙眼發光，胡靜蘭回以微笑，然後平靜地問：「如果時間許可，我們很樂意參加。請問新節目是什麼時候開始拍攝呢？」

「這個……」

端木直第一次猶豫了，他露出傻笑，悄悄別開視線。

「實不相瞞，是三天之後。」

「咦！」

大叫出來的人是關銀鈴，胡靜蘭沒有這樣做，但也吃了一驚。

「三天之後……竟然是這麼倉促嗎？」

「關於這件事，我必須向你們道歉！」端木直雙手合十，誠懇地說：「新節目一早就準備好了，但按照本來的計畫，我們只邀請了三間事務所。」

端木直請胡靜蘭把計畫書交給他，之後他翻到計畫書的最後一頁。

那裡清楚寫著，參加的事務所共有三間，分別是Rock & Roll Rotation、The Trickster以及Legend Chaser。

「是３Ｒ！他們也參加這個節目嗎？」關銀鈴驚喜地說。

「是的！很厲害吧！」端木直馬上恢復一貫的笑容，「本來我們想邀請ＥＸＢ和ＣＪ一起參加，可惜他們騰不出時間，ＱＶＡ則以活動不合她們的形象而拒絕，不過３Ｒ身為排名第五的事務所，吸引力也是非同凡響！而且他們答應會派出重量級的超級英雄，肯定會很精采的！」

「還有ＴＴＴ！到時候我可以請占卜師先生替我占卜嗎？」

「可以，但要排在我之後！」端木直玩笑地回應。

關銀鈴興奮地抓住藍可儀的手臂，之後她轉過頭望著許筱瑩，正要開口，忽然察覺到對方的樣子有點奇怪。

——前輩正在皺眉，但不像是要抱怨自己太吵了。

「前輩，妳怎麼了？」

「……沒什麼。」

許筱瑩悄然移開目光，這令關銀鈴更加疑惑了，不過在她追問之前，胡靜蘭搶先說道：「既然你們本來的計畫是邀請三間事務所，為什麼會突然邀請我們呢？」

「因為我被你們的表演感動了！」端木肓笑著說。

「我昨晚有去嘉年華會，A、B區的表演精采得沒話說，但最令我感動的不是EXB和CJ，而是你們最後的那一場表演！各種各樣的超能力在舞臺上不斷飛舞，坦白說我根本追不上你們的速度，但那真的太熱血了！果然超級英雄的賣點，就是千變萬化的超能力！其實我之前就覺得只有三間事務所是不夠的，看過你們的表演後，我更加肯定這種想法，所以決定追加到五間事務所！」

胡靜蘭沒有錯過這一句話，「五間事務所？即是說，還會有另一間事務所參加嗎？」

「是的！看過昨天你們那場表演後，我覺得有另一位超級英雄的超能力相當吸引人，如果她能夠來參加，無論是意外性還是觀賞性都會更上一層樓！所以，我待會就會去拜訪她，誠意邀請她的事務所參加！」

「我明白了。我也認同端木先生的想法，既然是超級英雄的競賽，參加的事務所的確越多越好。」

「就是這樣！那就是說，你們願意參加了？」

胡靜蘭隨即笑著點頭。

「嗯，到時候要請你們多多指教了。」

「太好了！事不宜遲，我馬上通知導演和監製！這份計畫書就交給你們，如果有什麼

問題，隨時可以找我！我還要去拜訪另一間事務所，就先告辭了！」

端木直來得快，去得也快，從站起來到走到大門，他只花了短短幾秒鐘，之後就如同旋風一般離開了。

大廳霎時間變得安靜，不過場面並不冷清。

「雖然事出突然，但這是很好的學習機會。」胡靜蘭率先開口：「這個星期原定有幾個雜誌的訪問，我會聯絡他們，拜託他們提早前來。這幾天可能會有點忙，所以妳們先回家吧，告訴家人三天後要參加為期五天四夜的拍攝工作，然後收拾行李，準備出發。」

「收到！」

關銀鈴馬上舉起手叫出來，藍可儀也趕緊點頭。看到二人這個樣子，胡靜蘭輕輕一笑，之後她望向許筱瑩——一如所料，許筱瑩仍然皺著眉頭，並且滿臉困惑地望著她。

胡靜蘭知道許筱瑩在想什麼，因為剛才聽到三間事務所的名字的時候，她也稍微吃了一驚。

然而，這不是現在該擔心的事情。

所以胡靜蘭什麼都沒有說，只是對許筱瑩報以微笑；許筱瑩看到之後，同樣沒有多說什麼，只是垂下肩膀，悄然嘆息。

三天之後。

「原來阿直口中很有趣的事務所就是你們，真是太好了！」

終於來到拍攝的第一天，關銀鈴從早上開始便靜不下來，總是興奮地手舞足蹈，而當她知道第五間事務所是哪間的時候，心情更加欣喜了。

「我們也大吃一驚啊！但真的太好了，我們的努力果然會有回報！」

殭屍少女笑著回答。第五間事務所，正是在嘉年華會上第一間決定和ＨＴ合作，然後一起努力的特化型事務所 Halloween。

「甘先生，多謝你來接送我們。」

「不用客氣，這只是舉手之勞。」

現在ＨＴ和 Halloween 一行人都坐在租來的小型遊覽車上。

由於胡靜蘭的雙腳是不可能駕車的，所以最初她就打算租遊覽車接送她們，正好在前一天殭屍少女來拜訪，得知她們的狀況之後，殭屍少女便提議合租較大的遊覽車，然後一起出發到明星遊樂園。

「說起來，請問游先生還好嗎？因為要準備這次的拍攝工作，我還沒去探望他呢。」

「……只是輕微的肺炎，休息兩星期就可以了。」

事隔好幾天，胡靜蘭稍微氣消——當然她其實還在生氣，這幾天都沒有去探望游諾天就是最好的證明，不過她不再像前幾天那般焦躁，只是依舊煩悶。

甘樂書似乎察覺到胡靜蘭的異樣，所以他沒有追問，只是點了點頭。

「真是辛苦他了……如果有什麼需要，請隨時來找我，我會盡力幫妳們的。」

「甘先生，多謝你。」

胡靜蘭嫣然一笑，甘樂書看著，不禁臉紅起來。

「……胡小姐妳真的太客氣了，真要說的話，我們才要說多謝，在嘉年華會的時候，我們得到你們很多幫助嗚痛痛痛！妳在幹什麼啊？」

殭屍少女突然從後拽著甘樂書的臉頰，痛得他大叫出來，之後她收回雙手，不太高興地鼓著臉。

「誰叫阿甘色迷迷地看著胡小姐。」

「我、我哪裡有色迷迷啊！」

「不只是色迷迷，還一副蠢樣，阿甘果然是白痴！」

殭屍少女氣沖沖地別過臉，甘樂書連忙安撫她，而關銀鈴看著這一幕，馬上笑著問吸血王子：「我之前就一直在想了，他們兩個是不是有什麼特殊關係？」

吸血王子本來癱軟在後排的座位之上，一聽到這句話，他馬上不情願地睜開雙眼，然後無力地說：「他們的關係……就是塵世間所說的兩小無猜……」

「也就是小倆口啦！」嚎叫人狼接著說。

「才不是小倆口！」

甘樂書和殭屍少女立即齊聲反駁，闞銀鈴見狀笑得更高興了，她走到殭屍少女身邊，一把抱住她的肩膀，在她耳邊說了幾句話之後，殭屍少女馬上漲紅臉頰，然後害羞地蜷縮在一旁。

看著眾人相處融洽，胡靜蘭忍不住揚起嘴角。

「……靜蘭姐。」

坐在身邊的許筱瑩忽然輕聲開口，胡靜蘭馬上回過神來，然後轉頭望著自上車以後，便一直沉默不語的黑髮女孩。

許筱瑩一直以來都不是多話的女孩，不過她這幾天顯然心事重重，現在她撐著手臂看著窗外，沒有看著胡靜蘭。

「怎麼了？」

「今天……不，還是沒事了。」

許筱瑩欲言又止，胡靜蘭馬上放輕聲音，柔聲問道：「妳在想，今天有可能見到

『她』，對嗎？」

許筱瑩終於轉過頭來，她似乎有點吃驚，過了好一會才輕輕點頭。

「……原來靜蘭姐也察覺到了。」

「那一天聽到端木先生的話之後，我就察覺到了。」胡靜蘭淺笑，「不過他們和我們不同，旗下有很多超級英雄，她未必會來呢。」

「嗯……但這是ＮＣ電視臺今年的重頭節目，不是嗎？」

「看製作的規模，應該是呢。」

「那麼……受邀參加的事務所，都會派出旗下受歡迎的超級英雄才對。」

「如果我是他們的負責人，的確會這樣想。」

「既然這樣……」

許筱瑩停了口。她不知道該怎樣說出接下來的話，因為無論是哪一邊，她都不知道該如何是好。

「不用太擔心，保持平常心吧。」

胡靜蘭輕輕握起許筱瑩的手，許筱瑩沒有甩開，反而垂下眼簾，回給對方一個苦笑。

「……坦白說，如果見到她，我會比較高興。」

「我也是。」

二人相視而笑，接著關銀鈴歡躍的聲音從後傳來。

「到了！」

她們立即抬起頭，果然如關銀鈴所說，明星遊樂園就在眼前。

明星遊樂園是ＮＣ最早落成的遊樂園，開幕至今已有十五個年頭，期間經過多次翻新，現在已經是ＮＣ的著名地標之一。

夢幻的樂園！這是明星遊樂園的建園目標，營運方希望所有來賓都能感受到前所未有的夢幻感覺，所以遊樂園所有設施都充滿歐式童話的風格，園內絕大部分的建築物都是中世紀的城堡和酒吧，而在裡頭工作的職員，全部都穿上猶如戲服一般的精緻制服，各式各樣的吉祥物們更會用獨創的語言來溝通，置身在這裡，彷彿真的進入了一個超現實的夢幻情境。

以前盛傳明星遊樂園想要向ＮＣ當局申請空域禁飛區——不只是地面，他們更要控制天空，他們不想讓任何交通飛行工具甚至是超級英雄出現在自己的領域裡，因為即使是在空中驚鴻一瞥，也會讓現實入侵到他們的夢幻國度。

然而，由於近年來ＮＣ的遊玩設施越來越多，明星遊樂園的吸引力已大不如前，因此園方只好順應ＮＣ的潮流，不時邀請超級英雄當客串嘉賓來表演助興。

「超級英雄也是人們的夢想！」

他們高舉這樣的口號和超級英雄合作，看起來是有點諷刺，不過ＮＣ的市民對此並無任何不滿，反而相當喜歡，所以明星遊樂園近來再次成為市民的寵兒。

「咦？這是……」

當遊覽車駛進停車場的時候，場內已經有兩輛小型車停駐，其中一輛的車身上貼著ＴＴ的標誌，另一輛卻相當樸素，沒有任何多餘的裝飾，不過車窗全部是反光玻璃，從外面看過去，完全看不見裡面有什麼東西。

胡靜蘭總覺得自己在哪裡見過這輛車，可惜霎時間想不起來。

「靜蘭姐，我們到了！」

關銀鈴幫忙推著胡靜蘭下車，胡靜蘭笑著道謝，然後她一邊思考著到底自己在哪裡見過那部小型車，一邊和眾人進入建在停車場旁邊的餐廳。

「你們來了！」

端木直早在餐廳裡面等候，一見到他們便快步走上前。

「我代表ＮＣ電視臺歡迎你們！導演和監製馬上就要到了，另外３Ｒ和ＬＣ也在途中，你們不用客氣，隨便坐！要吃點什麼嗎？不用擔心，所有支出都會由我們負責！」

「請等一等！」關銀鈴馬上舉起手說：「你說３Ｒ和ＬＣ正在途中，也就是說，ＴＴ

T已經來了嗎？」

「正是！請過來這邊，我來為你們介紹！」

端木直把眾人帶進餐廳，由於這幾天遊樂園被包場了，所以餐廳略嫌冷清，於是在他們的眼前，一組五人團體正坐在餐廳的正中央。

這五人組的外貌各異，其中一對長得一模一樣的孿生兄弟正睜著圓滾滾的雙眼，掩不住好奇地看著眾人。他們都是可愛的小男孩，身高不過一百五十公分，褐色皮膚，身上穿著寬鬆的斗篷。

在兩人身邊的則是一名長得比他們略高的女孩子，和男孩們樸素的打扮比起來，她明顯花俏得多，即使連身長裙只是純淨的白色，不過卻裝戴著很多飾物，全都閃閃發亮，讓人難以忽略它們的存在。

關銀鈴馬上認出他們，分別是超級英雄「超級雙子」和「靈力女孩」。

「可儀，他們好可愛啊！我是第一次看到本人！」

關銀鈴立即抓住藍可儀，按捺不住興奮地低聲說道，藍可儀雖然緊張，但也不禁點頭附和。

就在這時，另外兩人站了起來，慢慢朝他們一行人走過來。

「占卜師先生，我來為你們介紹！他們也是今天拍攝的伙伴，他們是——」

「是 Hero Team 和 Halloween，對嗎？」

占卜師平靜地打斷端木直的話。

占卜師，不僅是ＴＴＴ的超級英雄，更是他們的創辦人和執行製作人。占卜師渾身散發著謎團的氣息，全身上下都被充滿異國風情的民族服飾包裹，只剩下一雙猶如藍寶石的眼睛從面紗和頭巾之間露出來，每當它們在燈下閃爍之際，彷彿能見到一雙十字架在瞳孔流轉。

「你好，我是ＨＴ的臨時代理人胡靜蘭。」

胡靜蘭禮貌地向占卜師遞出右手，占卜師低頭一看，沒有握起她的手，只是輕輕點頭示意。

「胡小姐，妳好。」

「抱歉，因為宗教的原因，占卜師不能隨便和別人握手。」站在占卜師身邊的男子立即說：「我是狐靈，是占卜師的助手，也是ＴＴＴ旗下的超級英雄，請你們多多指教。」

狐靈長得不算高大，但身材結實，臉上戴著一個和外號相稱的狐狼面具，身上穿著獵人裝束，給人一種充滿野性的感覺。

狐靈不只向胡靜蘭打招呼，也向 Halloween 一行人行禮致意。氣氛不算熱絡，但總算不顯尷尬，之後占卜師把超級雙子和靈力女孩叫過來，正式向眾人介紹三人——

「嘿，真想不到，竟然在這裡見到稀客呢。」一道聲音從門口傳來。

餐廳的大門打開了，一組四人團體走了進來，端木直一見到他們，連忙走上前迎接。

「歡迎你們！非常感謝你們參加今天的拍攝，有你們加入，這次的節目一定會大獲成功的！」

誰都看得出端木直比剛才更加興奮，但誰都沒有抱怨，因為他正在接待的對象，確實有資格接受這番待遇。

他們正是全NC排名第五，在超級英雄界當中無人不識的Rock & Roll Rotation。

「端木先生，你言重了，我才要多謝貴臺邀請我們參加，不過呢……」3R的領隊卓不凡笑著說。

他維持一貫的打扮，左眼用瀏海遮住，僅把右眼露出來，而他嘴巴雖然謙虛，不過臉上自信的笑容顯露無遺。

「貴臺未免太勇敢了，竟然邀請一些不入流的——」

卓不凡傲然走到眾人跟前，而他的目標正是HT，但話未說完，他突然停了下來。

「咦？」他左顧右盼，然後盯著胡靜蘭說：「那個不識大體的傢伙呢？」

「如果你說的是諾天，他病倒了，所以今天由我來帶隊。」

卓不凡當場一愣，似乎不知該怎樣回答，就這樣呆愣地望著胡靜蘭。

之後，他終於回過神來。

「嘿……那傢伙果然只有嘴巴厲害，竟然連自己的身體都管不好，根本沒資格當執行製作人。」

「才不是這樣！製作人他——」

闞銀鈴馬上反駁，但她話未說完，一個平靜的聲音打斷了她的話。

「你雖然是這樣說，但內心似乎很失望。」

所有人立即望向聲音的主人，他正是占卜師。

「……你在胡說什麼？」

「命運牌告訴我，雖然你口出惡言，但HT在這裡，你其實相當高興。」

「哈？」卓不凡冷笑一聲，「占卜師，你好歹也是A級事務所的負責人，不要說這種無聊的冷笑話吧。」

「這不是冷笑話，而是命運。另外……」

占卜師右手一翻，俐落地從衣袖當中取出一張看起來既像塔羅牌，但花樣簡單又像撲克牌的卡牌，闞銀鈴見到之後，雙眼立刻閃閃發亮。

這張卡牌，正是占卜師的超能力「命運之卡」。

「命運告訴在下，在這次的節目中，在下等人將會見到闊別三年的精采表演。」

「哈，這種事不用你說，我也一清二楚，因為我們來了！」

卓不凡馬上回以冷笑，之後他自豪地望著身後的三位超級英雄——高大威猛，肌肉雄渾，存在感猶如泰山壓頂，頭髮往上倒豎的野性男孩「暴君恐龍」；表情宛如靜謐的湖水，雪白的長裙彷彿無風自動，身邊飄逸著一股若有似無的寒氣，令人不禁屏息靜氣的優雅女子「冰雪女王」；以及身穿公主裙洋裝，手抱小熊玩偶，臉上掛著燦爛笑容的可愛系超級英雄「布偶瑪莉」。

「我先把話說清楚吧。」卓不凡傲然一笑，「NC電視臺邀請什麼人，我不管，但要是有人敢扯我們後腿，我絕對不會放過他。」

「……」鴉雀無聲。

場面其實相當尷尬，大家都不知道該怎樣回答，不過卓不凡毫不在意，他只是輕撥頭髮，然後不悅地環視四周。

「說起來，我昨天收到通知，有五間事務所會參加這次節目吧？但在我看來，現在只有四間事務所，不是嗎？」

端木直立即回答：「是的，LC也會參加本次節目，剛才我已經聯絡他們，他們馬上就會來到了！」

「嘖，區區B級事務所，竟然敢不守時。」

卓不凡掏出香菸，正要點菸之際，冰雪女王從後叫住他：「製作人，這裡禁菸。」

「是嗎？那麼人齊了就叫我。」

卓不凡說完後就拿著香菸往外走，餐廳的氣氛稍微好轉，不過大家都不敢亂說話，只是各自坐下來。

過了一會，當卓不凡再度回到餐廳，他立即皺起眉頭。

「喂，這是認真的嗎？現在什麼時候了？他們還沒到嗎？」

「的確有點奇怪，我馬上打給他們——」

「抱歉，我們遲到了！」

一個甜美的聲音忽然從大門傳來，轉頭一看，便見到一個嬌小的女性小跑步過來。

「我們不小心走錯路，花了很多時間才找到可以迴轉的地方，所以遲到了，真的非常抱歉！」

女子低頭說道，趁卓不凡還沒說話，端木直趕忙打圓場：「請不用在意，這裡都是直路，要找到迴轉點真的很困難呢！說起來，請問妳是ＬＣ的人嗎？」

「是的，我是ＬＣ的周卓珊，請多多指教。」

周卓珊向端木直遞出名片，端木直笑著接過。

「妳好！真的不好意思，我之前都是和你們的駱先生聯絡，所以我以為一定是他負責帶隊呢！」

「前輩另外有工作在身，所以就讓我來了。請放心，我會好好加油的！好了，你們走快一點，大家都等得不耐煩了！」

周卓珊急忙轉頭叫著身後的三名超級英雄，其中兩人馬上往前跑，關銀鈴認得他們，衣著花俏的男子是花螳螂，另一名理著小平頭的男孩是黑石鐵球。

然後，關銀鈴錯愕地瞪大雙眼，看著最後一名超級英雄。

「前輩，那位不就是……」

關銀鈴立即望向許筱瑩，但許筱瑩沒有察覺——因為她的注意力，早就被眼前這一位超級英雄抓住了。

「爆靈，不要發呆了，馬上過來啦！」周卓珊大聲叫著。

這名染著橙紅色的頭髮，身穿皮革的女孩低下頭，默默走到周卓珊身邊。

聽到她這個外號，不只是關銀鈴，連藍可儀都忍不住倒抽一口氣。

爆靈——雖然關銀鈴和藍可儀都不認識她，但這個名號她們早有耳聞。

她正是在關、藍二人加入ＨＴ之前，從ＨＴ跳槽到另一間事務所的超級英雄。

「我突然想到……」

赤月忽然開口了，游諾天沒有吃驚，甚至連頭也不回，繼續仰望著萬里無雲的晴空。

「怎麼了？」

「如果靜蘭知道你瞞著她偷偷出院，肯定會生氣吧？」

「……她們參加了ＮＣ電視臺的新節目，這星期不可能過來的。」

「你沒有否認她會生氣呢。」

游諾天終於轉過頭，白了赤月一眼。

「我先說好，要是靜蘭真的生氣了是很可怕的。」

「我當然知道。」游諾天嘆一口氣，「但為了她們，我必須去做。」

兩人現在都不在醫院，而是站在醫院的正門前。他們雖然只是患了輕微的肺炎，但短短幾天是不可能完全康復的，醫生也極力阻止過他們出院，不過當游諾天搬出英管局的名號後，醫院就馬上放行了。

「不過，妳沒必要跟來吧？」

游諾天稍微放輕了聲音。

「卡迪雅需要我的超能力，我也很在意那個女人和ＳＶＴ的事情。但妳不同，在醫院

好好休息吧。」

「你該不會是想和那個老女人獨處吧？」赤月隨即瞪著游諾天說：「如果是這樣，我回去睡覺好了。」

「除非英管局只有她一個人，不然妳幻想的事情絕對不可能發生。」

「哼。」

赤月冷哼一聲，然後輕輕拉緊衣領。

「那麼，你是否忘記了，那個女人不只對你出手，也對我使用超能力。」

「妳只是被我連累。」

「關於這件事，之後我一定會向你追討賠償。」赤月毫不客氣，又再次瞪了游諾天一眼，「不過她對我使用了超能力是鐵一般的事實，而我個人的宗旨是有仇必報。」

「還真敢說，明明妳自己也是四處樹敵。」

「而且，她提到白雪了吧？」

冷不防赤月說出的這句話讓游諾天當場一怔，之後他左顧右盼，確認卡迪雅還未來到，馬上壓低聲音說：「不准提起這件事，尤其在卡迪雅面前。」

「你果然是刻意瞞著她的。」

面對游諾天不友善的態度，赤月沒有退縮，仍然板著臉孔。

「……那個女人在胡說八道，她不可能見過白雪。」
「但她也說過了吧？她對你們沒有任何興趣，會找上你，只是白雪的要求。」
「這只是她的片面之詞。」
游諾天用力深呼吸。
「妳別忘了，白雪她仍然在精神病院，受到嚴密的監視。」
「我當然記得，但是——」
赤月正要反駁，不過在這之前，她猝然停了下來。
游諾天立即知道原因。

「抱歉，我來晚了。」
卡迪雅甜膩的聲音從游諾天身後傳來，接著她親暱地挽起游諾天的手臂。
「好了，我們走吧。」
「老女人，給我等一等。」
赤月霍地抓住卡迪雅的手腕，拚命裝作冷靜地說：「妳在幹什麼？」
「嗯？為什麼赤月妹妹會在這裡？這樣子不行呢，病人就要乖乖留在病房喔。妳等一下，我請醫院的人帶妳回去。」

「不要轉移話題！給我放開他！」

赤月氣沖沖地擋在二人中間，然後瞪著卡迪雅。

「妳這個沒人要的傢伙，果然是藉工作為名以權謀私。」

「妳想得太多了，是戀愛小說看太多了嗎？我真的只是為了工作而找諾天喔。他大病初癒，不，應該是還在生病才對，我擔心他會突然倒下，所以才會扶著他呢。」

「妳那個樣子才不是扶著他，而是整個人靠在他的身上！」

赤月激動得咳嗽起來，游諾天見狀，馬上幫她拍背舒緩，並制止兩人繼續爭吵。

「妳們都別鬧了。」

游諾天沒好氣地說道，赤月立即轉頭怒視著他，而卡迪雅只是輕笑一聲，然後率先踏出腳步。

「好了，看在赤月妹妹是病人的分上，今天就稍微讓讓妳吧，妳可以趁機扮柔弱抱著他喔。」

「我才不會這樣做！」

赤月雖然是這樣說，但雙手卻不自覺抓住了游諾天的手臂。

「妳臉色很差，還是回去休息吧。」

「不需要，我們走吧。」

赤月斷然拒絕游諾天的提議，游諾天看她毫不退讓，只好輕嘆一口氣。

超級英雄管理局，簡稱英管局，前身是超能力管理局。該局最初成立的目的，顧名思義就是要管理和監察所有與超能力相關的事宜。

現在NC市民都習慣了超能力的存在，所以兩者相處融洽。然而，在英雄之石來到NC的初期，NC有一段時間相當混亂，不少超能力者都憑恃著自己擁有超能力而胡亂生事，導致犯罪率急遽上升。

在那段日子，即使是心地善良的超能力者，都會被那些害群之馬的聲名狼籍所累，成為眾矢之的。之後有一群超能力者積極和政府合作，聯手把濫用超能力的罪犯繩之以法，混亂的日子才終於過去。

但人們和政府對於超能力的存在，在心底還殘留著恐懼，所以政府本想要全面禁止市民使用超能力，甚至密謀囚禁一眾超能力者，最後幸得超能力者致力推動「超級英雄」的文化，他們才能倖免於難。

於是，超能力管理局也順應社會的趨勢，改名為超級英雄管理局，主力監察超級英雄

事務所的業務——以及繼續管理和監察所有與超能力相關的事宜。

「跟我來。」

英管局和其他政府部門一樣，座落在NC的中央區域，是一座外表樸實的五角形建築物。卡迪雅帶著兩人往右邊走，那裡不屬於外交部，而是隸屬於情報管理部的區域。

「守備好像有點鬆懈呢。」赤月輕聲地說。

她會有這種想法，全因為一路上只有寥寥幾個守衛和設置在頭頂的監視器，除此之外就只有白色的牆壁，以及一扇又一扇的自動門。

「妳是這樣想的嗎？」卡迪雅嫣然一笑，「那麼，妳可以隨便參觀喔，不過之後妳應該會被五花大綁送到我們的拷問室吧。」

赤月馬上不悅地瞪著卡迪雅，卡迪雅見狀嘴角勾得更高了。他們又穿過了另一道自動門，然後卡迪雅在一道門前停了下來。

這道門和之前經過的自動門完全不同，它是一個巨大的圓形，半徑約二百公分，厚度約十五公分，用殘舊來形容已經是讚美，它就像長年浸泡在水底似的，從頭到底都是鏽跡斑斑。

如此厚重的大門，即使合三人之力都不可能打開它，所以卡迪雅沒有做這種多餘的事

情，她只是拿起放在大門旁邊的話筒，輕聲地說：「我們來了。」

大門最初沒有任何反應，但過了一會，一個刺耳的聲音突然傳來，游諾天和赤月忍不住掩住耳朵，而卡迪雅卻毫不在意，只是悄悄往旁邊退開。

接著，大門往外打開了。

刺耳聲正是來自大門和地板的磨擦，隨著大門不斷往外推，聲音越來越響亮了，游諾天不禁皺起眉頭，不悅地嘆一口氣。

大門沒有完全打開，只是開啟了一條足以讓人通過的縫隙。

卡迪雅轉過頭說：「進去吧。」

她率先帶頭走進去，游諾天和赤月互看一眼，最後由游諾天先走，赤月緊隨其後。

「這是……！」

一走進去，游諾天不禁吃了一驚。

和殘舊的大門完全不同，房間裡頭滿是電腦，每一部都在高速運轉，而一個個螢幕就像無數的眼睛，從四面八方所有角度環視著他。

有一個彪形大漢站在他們身邊，他長得異常高大，乍看之下身高超過二百公分，一雙粗如鐵柱的手臂正握著門把，看來就是他把大門推開的。

「你們遲到了。」

忽然一個聲音從裡頭傳來，游諾天馬上轉過頭，但房間裡面實在有太多電腦和螢幕，霎時間他看不見聲音的主人。

「咦？我們不是約了十二點見面嗎？」

卡迪雅倒是很乾脆地往前走，游諾天馬上跟上去。

「沒錯，我們約了十二點見面，所以妳遲到了二百零四秒。」

「哎呀，這不就只是幾分鐘，不要這麼小家子氣嘛。」卡迪雅笑著說：「不然會長不高的喔？」

卡迪雅在其中一部電腦前面停了下來。

游諾天低頭一看，終於知道為什麼會看不見對方——並非電腦和螢幕太多，而是對方正抱著膝蓋坐在地上。

這是一名男子，又或者說，是一名男孩。他看起來只有十幾歲，穿著相當隨便，一件看起來修補了不知多少次的灰色大衣，黑色的長褲也都褪色了，雙腳穿著拖鞋，露出長長的指甲，不過指甲卻是相當乾淨，沒有半點汙垢。

「我不介意，反正我的世界就只有這麼人。」

男孩抬起頭來，神情冷漠地看著卡迪雅，之後他把頭抬高一點，看著她身後的游諾天，再低頭看看赤月。

赤月馬上想要反駁，不過在這之前，男孩猛地跳起來，身體往前一靠，把臉頰貼到她的眼前。

「你把她當成可愛的吉祥物吧，人畜無害的。」

「不是說只有一個人嗎？」

赤月當然大吃一驚，但她只是退後一步，接著不甘示弱地回看對方。

「我先說好，我不是什麼吉祥物，我叫——」

「我知道妳，妳是《英雄Future》的專欄作家赤月，本名孫靜榆，身高一百四十九公分，體重四十三公斤，喜歡的食物是熱可可和百匯，討厭昆蟲，不，與其說討厭，應該說不擅長應付，妳很怕狗，因為小時候被狗咬過，右邊小腿留了疤痕——」

「停！」赤月連忙大喝，「你為什麼會知道這些事情？」

「我還知道妳的超能力『坦誠相對』，是一種很霸道的超能力。」

赤月當場倒抽一口氣。

「你——」

「我也知道你。」男孩霍地轉過頭，從下而上望著游諾天。

「游諾天，超級英雄事務所Hero Team的執行製作人，但在這之前，你是Excalibur的超級英雄『電子世界』。」

這次換游諾天僵住了。他錯愕地看著男孩，而男孩依然面無表情，只以一副剛睡醒的平淡神色望著他。

「本來你沒有被ＥＸＢ錄取，而你也不介意，因為你本來就只是想試一試，但幸運的是，梅林看上了你的超能力，所以推薦你當超級英雄。你還是超級英雄的時候，相當受歡迎，如果繼續下去，你有望成為ＥＸＢ的十二騎士。然而，就在三年之前，你的妹妹唔唔唔唔唔唔唔──！」

男孩話未說完，卡迪雅突然從後摀住他的嘴巴。

「好了，大姐姐我不喜歡多嘴的小孩呢。」

「嗚唔唔唔唔！」

「我向你們介紹，這位可愛的小男孩，就是我們英管局的情報管理部部長司徒鋒。」

「唔唔唔！」

「他向你們說歡迎光臨。」

卡迪雅用力抱緊司徒鋒，任憑他再掙扎都掙脫不出來，之後他臉色發紫，無力地癱倒在卡迪雅懷中。

「……他好像要窒息了。」

「放心，不要看他這個樣子，他沒有這麼柔弱。」

卡迪雅終於放開司徒鋒，就如她所言，司徒鋒沒有倒下來，他只是猛地深呼吸，然後恢復一臉冷靜地看著卡迪雅。

「妳不只遲到了，還對我施暴，所以我很討厭現實的女性。」

「既然如此，我們馬上進入正題吧？工作完成之後，你就可以去找你心愛的二次元妹妹們喔。」

司徒鋒嘖了一聲，然後爽快地在其中一部電腦跟前坐下來。

「游諾天，醜話說在前，我不管你是NC最強的駭客還是什麼，假如你敢亂動我的寶貝，我不會放過你的。」

司徒鋒一邊說一邊敲打鍵盤，動作乾淨俐落，之後當他按下輸入鍵，眼前一個個螢幕便各自顯示出不同的影像。

「這些都是超級英雄遇上意外時的錄影。」卡迪雅立即加以解釋：「某些報告在描述時間方面含糊不清，為免有錯漏，我們準備了當天一整天的錄影。」

「妳要我做什麼？」

「很簡單。」

卡迪雅打開其中一個錄影，但她沒有看著它，只是任由它自動播放。

「我要知道這些錄影有沒有被人修改？又或者當中有沒有什麼資料被人刪除了？如果

有，給我復原它，並且找出是誰在動手腳。另外，如果在錄影中見到任何可疑的人或物，也要向我報告。」

「……這樣真的好嗎？」游諾天盯著螢幕，不太高興地說：「這些錄影……是來自設置在ＮＣ街頭的監視器吧？」

「你可以這樣想。」

「那麼，它們很可能會揭露超級英雄的真正身分。」

「所以除了英管局的職員，不，是除了部長級的人，其他人都不被允許看。」

「我不是英管局職員，更加不是部長級的人。」

「不過我允許你看。」

卡迪雅說得平靜，游諾天聽到之後，眉頭卻皺得更緊了。

「我不想，也絕對不會加入英管局。」

「你可以放心，我不會強迫你加入英管局，事後你只要簽保密協議，英管局就不會有人為難你。」

得到卡迪雅的承諾，游諾天本應該要安心才對，但是他依然緊皺著眉頭，凝重地盯著螢幕。

——我還有一個要求。

游諾天很想這樣說，但他知道自己的要求絕對不會得到認可，所以他只能握緊拳頭，沉重地嘆一口氣。

「好，我做。」

卡迪雅立即勾起嘴角，彷彿早就知道游諾天會答應。

「既然這樣……」

卡迪雅望向司徒鋒，司徒鋒隨即懶洋洋地站起來。

「就讓我們看看『電子世界』的超能力吧。」

第三章

她們可以做得更好

在旁人看來，游諾天就像是坐著睡覺。

他把手按在鍵盤之上，不只是手指，甚至全身都幾乎靜止不動，唯獨胸口緩緩上下起伏，證明他還有呼吸。

赤月坐在游諾天的身邊，緊張地盯著他。

「妳這樣含情脈脈地看他，是想要偷吻他嗎？」

卡迪雅忽然不懷好意地笑著說，赤月沒有害羞，只是抬起眼睛瞪她。

「請不要把我和妳相提並論，欲求不滿的老女人。」

「坦白說吧，我是真的想趁機偷吻他，又或者脫掉他的衣服，發洩一下我壓抑已久的慾望。」

赤月的眼神當場變得更加凶狠，卡迪雅馬上笑出來，不在乎地聳了聳肩。

「只是開個玩笑，赤月妹妹妳太認真了。」

卡迪雅在二人身邊坐下來，然後拿起剛泡好的即溶咖啡，喝了一小口。

「不過，和我想像中的有點不同呢，我還以為螢幕的畫面會突然閃個不停，又或者電腦會突然爆炸，但現在看起來，好像什麼事情都沒有發生。」

「他可以做到這些事，但沒必要這樣做。」

「是啊？妳真是清楚呢，不愧是他的前女友。」卡迪雅又喝了一口咖啡。

「……這是兩回事，只要看過他以前的表演就會知道。」
「妳以為我會有空看喔？」
卡迪雅忽然苦笑一聲，赤月隨即瞇起雙眼。
「妳就是這個樣子，所以才會一直單身。」
「所以有時候，我真的很羨慕赤月妹妹。」
「死心吧，就算妳再羨慕我，最終妳還是會成為一個孤獨終老的可憐人。」
「如果妳繼續裹足不前，也許會和我一樣喔？」
卡迪雅笑盈盈地說著，同時視線投到游諾天身上，赤月立即冷哼一聲，抓起身邊的咖啡，二話不說就喝下去。
接著，她小巧的臉龐隨即皺成一團。
「……這種鬼東西，果然是性格惡劣的巫婆才會喝。」
「我要提醒妳，這個男人曾經也很喜歡喝呢。」
「經我調教之後，他已經改邪歸正了。」
「不要自欺欺人了，他會突然勉強自己喝巧克力，原因不就只有那個嗎？」
赤月立即瞪起雙眼。
「我先說好，不要在他面前這樣說。」

「嘿，妳果然還是喜歡他嘛。」

「這不關妳的事，總之，不要在他面前提起——」

游諾天的雙手忽然動了。赤月連忙閉上嘴，慌張地看著他，不過他沒有立即睜開雙眼，只是慢慢加重了呼吸。

大概半分鐘之後，他才回過神來。

「怎麼了？」

回神之後，竟然見到赤月用小心翼翼的眼光盯著他，游諾天不禁一愣，之後赤月繼續盯著他好一會，接著才悄然吁一口氣。

「沒什麼，見你一直坐著不動，以為你睡著了。」

「……『深潛』的時候，我都是這個樣子的。」

游諾天稍微皺起眉頭，赤月裝作毫不在意，其實一直在找機會別過他質疑的視線，但在這之前，游諾天率先轉過頭，不悅地看著卡迪雅。

「先不說我超能力的事……妳到底還有什麼事情瞞著我？」

被游諾天如此質問，卡迪雅沒有吃驚，只是得意地勾起嘴角。

「我沒有事情瞞著你喔，只是有事務所的超級英雄遇到意外，他們向我報告，我覺得奇怪，所以就找你來協助調查。」

「我以後不會再相信妳了……我就覺得奇怪，如果只是事務所向你們報告情況，妳的反應未免太大了，竟然讓我這個局外人窺看英管局的秘密。」

「這是我相信你的證明呢。」

面對卡迪雅這句玩笑話，游諾天鬱悶地吐一口氣，赤月在旁邊聽著，完全一頭霧水。

「你們在說什麼？」

「妳告訴她，我不敢洩密。」

游諾天用下巴指著卡迪雅，把問題拋回給她，卡迪雅只好張開雙手，裝作無辜地搖頭嘆息。

「我真的可以說嗎？假如赤月妹妹知道了，她真的騎虎難下喔？」

「妳──」

「我要聽。」

赤月搶在游諾天之前回答，游諾天無奈地說：「妳這個人，太容易中激將法了吧？」

「我不容許你和這個老女人有秘密瞞著我。」

赤月的語氣是如此認真，游諾天真不知道她到底是在開玩笑，還是真心介意，所以他望向卡迪雅，卡迪雅隨即一笑，接著輕輕點頭。

「……我先說初步調查的結果，我暫時找不到任何可疑的地方，沒有地方被修改，也

沒有資料被偷偷刪除。」

游諾天說完之後，一直待在旁邊的司徒鋒適時插嘴：「不意外，我早就說過了。」

「但你說是初步調查，換句話說，你仍然覺得有可疑之處，對嗎？」卡迪雅接著說。

「我不敢肯定，不過，我之後會繼續調查，有些地方我很在意。」

卡迪雅隨即挑起眉頭。

「真稀奇呢，你竟然會說這種沒有營養的廢話。」

「因為這只是我的直覺，而且……事件竟然和她們有關的話，我不覺得這只是單純的意外。」

「她們？」

赤月問道。

游諾天沒有立即回答，只是瞪了卡迪雅一眼。

「她們很愛面子，報告之中也許有所隱瞞，我打算親自去找她們。」

「我不認為她們會對你打開心扉呢。」卡迪雅插口說。

「她們當然不會，所以……」

游諾天停了口，然後轉頭看著赤月。他抿著嘴巴，似乎不願意把話說出來，但最後還是開口了。

「赤月，和我一起去吧。」

「我剛才就在問了，『她們』到底是誰？」

游諾天再次抿著嘴，之後他猶如嘆息一般說出答案。

「是QVA。」

QVA，Queen Victoria，旗下的二十五名超級英雄皆為女性，但她們沒有因此落於人後，反而以巾幗不讓鬚眉的氣勢，在競爭激烈的業界當中脫穎而出，成為僅次於EXB和CJ的事務所，坐擁第三名的寶座。

QVA可說是NC全女性的憧憬，不只是因為華麗的表演風格，更因為她們獨特的高貴氣息——

「雖然我明白QVA的吸引人之處，但老實說，我實在不能認同。」

「反正你不是她們的目標，你有什麼想法，她們才不會管。」

眼前就是QVA事務所。

不同於沒落了的HT事務所，QVA位於事務所林立的繁華地區，這裡幾乎每一條街

都有事務所，人來人往非常熱鬧，要是門面稍微樸素一點，恐怕就要被淹沒了。然而，早在踏上街頭的時候，游諾天遠遠地便見到QVA的大門。

城堡！

這絕對不是誇張的形容，QVA的事務所就是一座充滿中世紀風格的白色城堡。其規模當然及不上真正的城堡，不過無論裝潢或氣勢，QVA事務所都是一座驚豔的堡壘，在陽光之下，潔白無瑕的外牆閃著耀眼的光輝，彷彿正向眾人誇耀自己的存在。

「妳也喜歡這種暴發戶一般的誇張建築物嗎？」

「比起EXB那種嚴肅到不行的神殿設計，這種設計可愛多了。」

赤月間接承認，但聽完她的話，游諾天的臉孔立即皺了起來，不過他沒有再多說，只是平靜地朝著QVA大門走去。

就在這時，一輛白色的轎車來到他們的身後。

車門打開，一名男裝麗人瀟灑地步出車內，她本來正要打開後方的車門，但一看到站在門前的兩名訪客，眉頭當場一緊，然後不悅地瞪向游諾天說：「你這個傢伙為什麼會在這裡？」

「我會在這裡，當然是來找妳們的。」

「找我們？你這是什麼意思？」

男裝麗人——露易絲．希萊恩眉頭皺得更深，她踏前一步，從幾乎平行的角度直盯游諾天雙眼。

「靜蘭她們今天不是去了明星遊樂園參加NC電視臺的新節目嗎？為什麼你這個執行製作人會一臉理所當然站在我們的大門前，用不以為意的語氣說來找我們？」

「因為我有事情要問妳們。」

露易絲的臉色更加難看了，「我們沒有話要跟你說——」

「露易絲，妳在做什麼？」

一個沉穩的聲音突然從後傳來，露易絲當場一怔，然後趕忙回到轎車旁邊，恭敬地打開車門。

「真的很抱歉，因為見到不速之客，所以想要趕走他。」

「妳太失禮了。」

一名穿著白色禮服的女子緩緩步出車廂。這名女子有著一頭銀絲秀髮，肌膚嫩白透明，高貴的身姿卻毫不柔弱，她每踏出一步都是腰桿筆挺，俏麗的臉容之上更是散發出無比的自信，那一雙猶如寶石的眼眸，正閃爍著冷靜的光芒。

她是QVA現任的當家——凱倫．維多利亞一世。

「請他們進來吧。」

維多利亞看了游諾天和赤月一眼，平靜地如此說道。露易絲馬上面有難色地說：「請等一等，赤月我沒有異議，但這個男人——」

「不要讓我說第二次。」

維多利亞語氣雖然沉穩，但露易絲一聽，立即僵直地站在原地。

「……我知道了。」

維多利亞沒有再多說一句話，她甚至沒有看其他人一眼，抬首挺胸，如同領導眾人一般，昂然走進事務所。

「……進來吧。」

露易絲顯然還是不願讓游諾天進入事務所，不過她不敢違抗維多利亞的命令，於是只好帶著兩人走進去。

果然是城堡。

不只是外觀，連內部都是幾可亂真的城堡設計，游諾天和赤月跟著露易絲走在一條往上延伸的螺旋階梯之上，他們趁機打量四周，看到石造的牆壁和古樸燭臺，都不禁在內心暗自讚嘆。

然後他們來到了一個於中央放著一張長形大桌的房間，牆上不只掛著多面錦旗，更陳列著各式各樣的武器，儼如真正的城堡大廳。

「你們在這裡等，不准亂走。赤月，要喝點什麼嗎？」
露易絲雖然對游諾天老是不客氣，但面對赤月，她明顯放輕了聲音，表情也變得柔和多了，所以赤月輕鬆地回以一笑。
「可以給我一杯熱可可嗎？另外，如果可以，也請給他一杯吧，我會感謝妳的。」
露易絲擺明不願意，她先用看蟲子的眼神瞥了游諾天一眼，然後才沉重地嘆氣，「看在妳的分上，好吧。」
「多謝妳。」
接著露易絲離開了。赤月看著她的背影，忍不住笑了出來。
「快點感謝我吧，不然你連一杯水都不會有呢。」
游諾天馬上白了赤月一眼。
之後一名女孩子端著兩杯熱可可來到大廳，她緊張地放下手上的杯子之後，便一溜煙似的離開。
再過了一會，維多利亞終於來了。
她依然是一身雪白的長裙，姿態優雅，露易絲則跟在她的身後，如同守護著她的英勇騎士。

維多利亞在長桌的另一邊翩然坐下，接著剛才來過的女孩端著一杯玫瑰花茶走進來，她恭敬地端給維多利亞，維多利亞接過後，同時對她溫柔一笑，女孩當場臉頰漲紅，又再一溜煙似的逃走了。

維多利亞沒有說話，只是靜靜地喝著茶。

很多人都會把維多利亞形容為「公主」，因為她是維多利亞一世的女兒，不過看著眼前的她，游諾天便知道這種說法大錯特錯。

維多利亞不是公主，是女王。

統治一切、君臨天下的女王。

所以，她沒必要問，她只需要坐著，前來拜訪者便會主動說明來意。

「我們是代表英管局來的。」

游諾天以此為開場白，露易絲一聽，當場皺起眉頭，但在她開口之前，維多利亞率先舉起右手，示意她安靜。

「我們想要問關於八個月前發生的事情。」

游諾天說出這句話的時候，就專注地留意著維多利亞和露易絲的反應。露易絲的眉頭顯然皺得更緊；維多利亞還是旁若無人一般，優雅地喝著茶。她唯一的反應，就是抬起眼睛，默默看著游諾天。

她沒有說話，但就是這樣一個眼神，當中的意思再明顯不過。

游諾天有點鬱悶，不過也接著繼續說：「八個月前，妳們旗下的超級英雄可愛鎖鏈被捲入路人之間的糾紛，對嗎？」

維多利亞沒有立即回答，她輕輕喝了一口茶，然後放下茶杯，幾乎過了半分鐘之後才說：「我記得，而我們已經向英管局報告了。」

「在報告當中，妳們說可愛鎖鏈本來只是去勸架，可惜她勸架不成，反而激怒了這兩名路人，他們大打出手，而可愛鎖鏈為免他們傷及無辜，只好用超能力制止他們。」

「我們的報告已經寫得一清二楚，我不需要再說一次。」

「的確是，但有件事我很在意。」游諾天直盯著維多利亞，「之後英管局來找妳們，當時可愛鎖鏈的右手受傷了。」

「這又如何？」

依然全無破綻。維多利亞淡定地問。

「可愛鎖鏈不應該受傷才對。」游諾天說：「她的超能力是變出堅固的鎖鏈，她只要變出鎖鏈，趁對方沒注意，綁住他們就可以了。」

「那兩位路人相當激動，那孩子一時不小心，被他們誤傷了。」

「嗯，這件事在報告之中也寫得一清二楚。」

游諾天一說出這句話，維多利亞的表情總算有了變化，但她只是輕輕挑起眉頭，反而是她身後的露易絲不悅地說：「你這傢伙，這是什麼意思？」

「就只是字面的意思。」游諾天不以為意，「但更令我在意的是後續的報告，在事件發生的時候，正好有記者在附近，他本來想報導這件事情，但被妳們阻止了。」

「這又怎樣？」露易絲惡狠狠地說：「那孩子並不愛出風頭，所以希望那件事可以低調落幕。」

「真的是這樣嗎？」赤月忽然開口了。

不只是露易絲，維多利亞也瞇起雙眼，不過她和吃驚的露易絲不同，她只是別有深意地看著赤月。

「我認識可愛鎖鏈，她的確是一個討人喜歡、不太愛出風頭的孩子，有時候還有點笨手笨腳，所以不慎被人誤傷也情有可原……不過，如果只是這樣，妳們強烈阻止記者的報導，不是有點小題大作嗎？」

赤月火紅一般的雙眸直盯著二人，露易絲一慌，幾乎要開口了，但在這之前，維多利亞率先回答：「的確是有點小題大作。」

游諾天和赤月馬上互看一眼，之後再次看著維多利亞。

「如果我說這是襲擊事件，你們會怎樣做？」

維多利亞冷不防這樣問道，游諾天立即壓低聲音說：「如果真是這樣，我很在意她被襲擊的原因，而英管局又為什麼會承認這只是意外。」

「我不知道。」維多利亞平靜地說：「不只是我，露易絲、可愛鎖鏈，就連那兩位路人都不知道。既然是大家都不知道的事情，我們當然要阻止記者做出不當的報導。」

「但那名記者有相片為證。」

「那些相片曝光不足，只能見到朦朧的影像，不足為證。你要用這樣的相片，令其他市民陷於不安嗎？」

游諾天立即瞪起雙眼，「妳就因為這種原因，所以才阻止記者的報導？」

「就是這種原因。」維多利亞直認不諱，「不只是我，那孩子也清楚明白這件事，所以她也拒絕記者報導這件事。」

「但這件事關乎到她的人身安全。」

「你也許已經忘了，我們是超級英雄。」維多利亞凜然地說：「我們不只是普通的國民偶像，也是NC和平的象徵。因為有我們，現在的NC才會如此安寧。」

游諾天語塞了。

維多利亞並非強詞奪理，她說的都是事實。NC民眾追捧超級英雄，不只是憧憬他們

的超能力，更是相信他們會守護ＮＣ。
如果守護者被人襲擊，民眾會怎樣想？
「所以，英管局承認這是意外？」
維多利亞望向赤月，赤月隨即一顫，她連忙握緊拳頭，緊張地看著維多利亞。
「赤月，妳還要使用妳的超能力嗎？這一次我可以原諒妳，但下一次，我會視之為敵對行為。」
赤月馬上僵住。
在赤月回答之前，游諾天率先握起她的手，代替她回應：「這個是我的主意，她只是幫助我。」
「算你老實，這次我原諒你們。」
對於維多利亞的決定，露易絲似乎略有微詞，不過她什麼都沒說，只是瞪著游諾天。
「替我轉告卡迪雅，不要再玩小動作，有事想問，就親自前來。」
「我會如實轉告。」
游諾天看著赤月，她雖然強裝鎮定，但臉色已變得蒼白。
果然，要赤月對維多利亞使用超能力實在太難為她了。游諾天稍微加強手的力道，正要扶她站起來的時候，維多利亞忽然又開口了。

「說起來，近來我有留意ＨＴ的動向。」

維多利亞說出意料之外的話，之後她不待游諾天反應，逕自說下去。

「無論是英雄新星，抑或是四天前的嘉年華會，那些女孩們，尤其是惡魔槍手，她們都很努力。」

維多利亞在讚揚他們，游諾天卻不敢放鬆，只能鎮靜地回答：「她們的確很努力，而且可以做得更好。」

「只要堅持下去，她們都會成為耀眼的明星。」

維多利亞微微一笑，但在下一刻，她回復沉穩的表情凝望著游諾天。

「然而，她們還很年輕，需要前輩的指導。」

「……我當然知道。」

「不，你不知道。」維多利亞搖了搖頭，「她們會以前輩作為努力的目標，如果前輩一直受困於過去，只懂得死命努力，她們會毫不知情地照著做。」

維多利亞微微垂下眼簾。

「你已經隱約察覺到這件事了，不是嗎？」

「…………」

游諾天不敢回答——這種事他當然早就知道了，可是他毫無辦法，只能夠裝作看不

見，並暗自祈求最壞的情況不要發生。

「給你一個忠告，作為領導人，假如你不能向前走，只會害信任你的人不知所措。」

維多利亞以柔和的語氣說出這句話，但聽在游諾天耳裡，這句話就如同一柄長劍一般，結實地刺進他心頭。

送走游諾天和赤月之後，露易絲回到會客室，維多利亞仍然安坐在原位，細細品嘗秘書為她重新泡好的花茶。

露易絲站在門邊，默默看著她。

「妳有話想說？」

維多利亞如此說道，露易絲沒有吃驚，但也沒有立即回答，她只是輕輕點頭，思忖著適當的答覆。

最後，她決定如實說出心底話。

「妳竟然會給他建言，真不像妳會做的事情。」

面對如同責備的口吻，維多利亞沒有生氣，反而淡然一笑。

「我以為妳和我一樣，一直都在留意ＨＴ。」

「我是有留意ＨＴ，但只是擔心靜蘭，我根本不在意那個男人過得怎樣。」

維多利亞又笑了。

「妳果然很討厭男人。」

「妳不也是嗎？」

「是的，男人既愚蠢，又愛逞強，而且他對感情之事優柔寡斷，我實在找不到喜歡他的理由。」

「既然如此，為什麼還要給他建言？」

「因為，他是一個重情義的人。」

維多利亞輕輕放下茶杯，動作高雅自然。

「邁向成功的康莊大道明明就在眼前，普通人肯定會毫不猶豫踏出腳步，但他只為了一個難以實現的承諾，便義無反顧放棄一切。」

「……因為他是她的哥哥。」

「血緣並非如世人想像一般如此牢不可破，而且她犯下大錯，即使他毅然斷絕兩人之間的關係，誰都不會責怪他。」

「假如他真的這樣做，我絕對會鄙視他。」

「但他沒有。正因如此，我雖不喜歡，但並不討厭他。」

露易絲隨即皺起眉頭，環抱雙臂。

「妳太抬舉他了，他明明可以自由活動，卻把工作丟給靜蘭，然後跑過來當偵探，這是執行製作人該做的事情嗎？靜蘭她行動不便，不可能應付繁重的工作，萬一遇到意外該怎麼辦？」

「這是他們的事情，我們外人不能指手劃腳。」維多利亞輕輕搖頭，「而且，需要接受過去，勇敢面對未來的人，不只有他一個。」

「我知道，但是……」露易絲握起拳頭，「靜蘭現在只是一個柔弱的女孩。」

「放心，她現在只是感到迷茫。」

維多利亞站起來，慢慢走到高掛在會客室大牆之上、一把閃耀著銀色光芒的長劍跟前。這把長劍造工精細，但仔細一看，便會察覺到當中的異常之處——從劍身到劍柄，整把劍都是從同一片金屬打造出來的。

「我認識的胡靜蘭，絕對不會一蹶不振。」

第四章

這不是現在該想的事情

超級英雄大亂鬥的拍攝為期五天四夜，第一天的行程只是拍攝各家事務所的宣傳短片，在入夜之前就已經完成了，所以眾人都回到各自的房間休息。

關銀鈴和藍可儀分派到同一個房間，關銀鈴曾經興奮地期待晚上的閨中密談，可惜她現在沒有這種心情。

「她們還好吧？」

關銀鈴坐在床上，不安地看著房門，身邊的藍可儀不知如何回答，只能夠垂下頭。

「難怪前輩之前的反應這麼奇怪……我應該一早就察覺才對呀！」

今天沒有發生任何意外——唯一的意外，就是她們遇見了ＨＴ的前超級英雄爆靈。關銀鈴很慚愧，因為她對這位前輩所知甚微，唯一知道的就只有爆靈的超能力「人工爆彈」，能夠把碰觸到的東西變成炸彈。

「我、我也沒留意到……」

「雖然她們沒有說出口，但看她們的樣子，肯定是很尷尬啦！爆靈前輩也是，見到前輩和靜蘭姐的時候，整個人都僵住了！」

「不過……這也是很正常……不是嗎？」

「話是這樣說，但是……妳還記得前輩以前說過的話嗎？」

「妳是指，美食節那時候的……」

「嗯。」關銀鈴輕輕嘆一口氣，「那個時候，前輩說過自己一直留守在HT，而爆靈前輩則選擇離開……所以我想，也許，那個時候她們是不歡而散？」

「這個……」

藍可儀不敢接話。關銀鈴的猜測並非無的放矢，事實上藍可儀也有這種感覺。整天下來雖然相安無事，不過她看得出爆靈刻意避開許筱瑩和胡靜蘭——又或者是後者刻意避開前者。

「這次的拍攝……會順利嗎？」藍可儀不安地說。

「唔……嗚哇！我不知道！」

關銀鈴煩惱地抱著頭，之後她霍地站起來，用力拍打自己臉頰。

「總之，我們一定要做好本分，不可以給前輩和靜蘭姐增添額外的煩惱！」

「喔、喔！」

見關銀鈴高舉雙手大叫，藍可儀立即奮力跟著，關銀鈴再次拍打自己的臉頰，然後笑著說：「我去買宵夜，可儀妳要吃嗎？」

「嗚，不行啦……上次胖了一公斤，製作人很牛氣……」

「製作人不在，可以稍微放縱啦！」

關銀鈴哈哈大笑，藍可儀只能苦著臉，按著肚子拒絕。

之後，關銀鈴離開房間，朝著餐廳走去。

「不知道還有什麼吃的呢……嗚，今天明明沒做過什麼，但肚子好餓……果然我不適合動腦筋……」

關銀鈴一邊喃喃自語，一邊走在無人的走廊上。

就在這時，兩個人影猝然映入眼簾——是許筱瑩和爆靈。

「咦！」

關銀鈴連忙躲起來，過一會，她再悄悄探頭望去，確認自己沒有認錯人。

「她們要去哪裡呢？」

二人並非走向餐廳，而是朝著餐廳外頭的吸菸區走去。

「前輩明明不吸菸啊……？」

二人的身影越走越遠，關銀鈴看著她們，內心滿是焦急，不知道是否該跟上去。

——偷聽是不好的！

——不過，她們的樣子有點奇怪，而且在這種時候，她們要談什麼呢？是偶然遇上，抑或是她們主動找對方？

無數的問題浮上腦海，同一時間，關銀鈴悄悄壓下身體，慢慢跟在兩人身後。

不愧是號稱二十四小時營業無休的明星遊樂園，即使已經入夜，四下仍然燈火通明，關銀鈴找了好久，才找到一個能夠看清楚兩人，但又不易被察覺的位置躲起來。

然後，一陣淡淡的菸味隨著晚風飄到眼前。

「……找我幹嘛？」

是陌生的聲音，換句話說，說話的人是爆靈。

「好久不見了，算是想和妳敘舊吧。」

許筱瑩回答了，聲音和平時一樣，沒有特別的感情起伏，聽起來有點冷淡，不過關銀鈴聽得出她現在的聲音隱約有種退縮的感覺。

「我沒什麼要跟妳說的。」

爆靈冷冷地回答，同時又有一陣菸味飄來，關銀鈴隨即輕掩口鼻，悄悄把頭探出去。

在燈光之下，許筱瑩和爆靈面對面站立，在爆靈的手中有一點火光，看來吸菸的人正是她。

「是嗎？」

許筱瑩現在戴著護目鏡，所以看不清楚她的樣子，只能見到她垂下肩膀。

「一直不見妳的消息，我倒是有點在意。」

「妳是什麼意思？諷刺我沒有人氣嗎？」

爆靈也是戴著面罩，不過那是和關銀鈴她們同款的半邊面具，所以可以隱約看到她不滿地皺起臉孔。

「不是，我只是有點擔心，跳槽的超級英雄，一般都不受其他人歡迎。」

「這種事很常見，只是妳不敢做而已。」

爆靈吸完第一根菸，馬上就要點第二根，許筱瑩搶先開口了。

「妳以前不吸菸的。」

爆靈立即停下來，瞪起雙眼。

「這又怎樣？」

「……在ＬＣ過得還好嗎？」

「都快有一年沒有聯絡了，現在才要來扮好人關心我嗎？」

「不是！我……」許筱瑩猛地大叫，之後她咬緊牙關，避開爆靈刺人的視線，「我之前過得不太好，而近來的工作變多了，所以才沒有找妳。」

「……反正我們的交情，就只有這種程度。」

爆靈終於點起第二根菸，在空中飄揚的菸味隨即湧入許筱瑩的鼻腔，嗆得她幾乎要咳出來，但她奮力忍住。

「也許妳不相信，但今天見到妳，我很高興。」

爆靈沒有回答，她只是仰起頭，對著朦朧的夜色吐出白霧。

「這是NC電視臺的新節目，LC肯定很重視這次拍攝，他們會派妳來，即是說他們器重妳……所以，我真心為妳高興。」

許筱瑩說完之後，爆靈終於低下頭，一雙棕褐色的眼眸凝望前方。

「妳說完了嗎？」

說出口的卻是冰冷的話，許筱瑩不禁繃緊身體，而爆靈仍毫不在意似的，把香菸塞進隨身菸灰缸。

「……嗯。」

爆靈不再說話，逕自繞過許筱瑩，頭也不回朝前方離去。許筱瑩似乎想要叫住她，但最後她只是抿著嘴巴，默默看著昔日伙伴逐漸遠去的背影。

關銀鈴把一切看在眼裡，她覺得自己看到了不應該窺看的場面，所以想要悄悄離開。然而，人算不如天算，就在這一刻，她的肚子叫了。

「咕──！」

夜闌人靜，這記鳴叫聲真是相當響亮，關銀鈴暗叫不好。一如所料，身後傳來許筱瑩冰冷的聲音。

「……妳在這裡幹什麼？」

不只是聲音，就連眼神也相當冰冷！

天氣雖然清涼，但被許筱瑩冷冷瞪著，關銀鈴當場冷汗直冒，然後她二話不說，轉身跪地磕頭。

「抱歉！我偷聽了！」

許筱瑩的表情變得更冰冷了，她瞪著關銀鈴好一會，不過她一開口，吐出來的卻非責罵的話。

「……嘖，算了，妳會在意也很正常。」

關銀鈴立即抬起頭，「真的很對不起！但是，我真的很在意……」

「妳現在有空吧？」

許筱瑩忽然這樣說道，關銀鈴最初不明白對方的意思，所以眨了眨眼，但她很快便意會過來。

「有的！如果前輩想聊天，我隨時奉陪！」

「……看來我有點累了，不過……唉，我們先到餐廳吧。」

許筱瑩無奈地嘆一口氣，之後她率先轉身走到餐廳，關銀鈴連忙站起來，緊跟在她的身後。

餐廳仍然在營業，關銀鈴點了一碗豬排飯。看著眼前的飯碗，許筱瑩馬上錯愕地睜大雙眼。

「……妳沒有吃晚飯嗎？」

「不，我吃了啊？」

關銀鈴不明所以地歪著頭，許筱瑩隨即嘆一口氣，然後不耐煩似的揮了揮手。

「妳趕快吃完，我不想在晚上見到這種高熱量的食物。」

「嗯！我開動了！」

關銀鈴笑著說完後，便快速吃著眼前的豬排飯。

看著她不斷地吃、不斷地吃，許筱瑩本來皺在一起的眉頭鬆了幾分，最後只是苦笑了出來。

「我突然覺得，當一個笨蛋似乎不錯。」

「我不是笨蛋啦！」

關銀鈴吃完飯，跑到吧檯點了一杯可樂和一杯咖啡，然後把後者交給許筱瑩。

「不，看到妳剛才的吃相，誰都會覺得妳是笨蛋。」

「嗚……不要說我啦！這個……前輩，我可以問嗎？」

「妳想問我和爆靈之間的事情，對吧？」

許筱瑩一語道破，關銀鈴沒有慌張，只是用力點頭。

「我知道爆靈前輩以前也是ＨＴ的超級英雄，也知道她的超能力，但她是一個怎樣的人，妳們之間又發生過什麼事……這些我都不知道。」

「這很正常，妳們加入ＨＴ的時候，她已經跳槽到ＬＣ，而且她也不是一名活躍的超級英雄……」

說到後面這句話時，許筱瑩悄然嘆息。

「她的超能力其實很厲害，可惜並不適合現在的超級英雄風氣。」

「坦白說，我也覺得她的超能力有點可怕……」

超級英雄的超能力五花八門，當中有華麗悅目的，也有樸實無華的——除此之外，還有一些怪誕、不受民眾喜愛的超能力。

爆靈的「人工爆彈」正是不受歡迎的一種。

「其實我的超能力也不適合現在的超級英雄風氣。」

許筱瑩說著，同時變出一把左輪手槍。

「我和她的超能力，該怎樣說……看起來都充滿殺傷力，在一些狂熱支持者眼中，這的確是很酷的超能力，不過一般大眾都不喜歡，會覺得太暴戾了，所以最初沒有事務所願意錄取我們。」

許筱瑩盯著自己的手槍，笑了一笑。

「之後HT錄取了我們。我知道製作人並非看上我什麼，當時HT的環境，任何人去應徵，製作人都一定會錄取。」

「前輩妳太謙虛啦！製作人一定是看到妳們的潛力，所以才會錄取妳們的！妳想一想，當初製作人想過拒絕我呢！」

「誰叫妳亂用超能力！」

「嗚！才不是亂用，我是用來救人呀！」

關銀鈴趕忙揮著手說，許筱瑩沒有乘勝追擊，只是回到原來的話題。

「之後，我和爆靈的英雄日子並不好過。HT當時真的很危險，隨時都會倒閉，即使製作人四處拜訪，頂多找到一些不起眼的工作……我曾經為此沮喪，而在那個時候，鼓勵我的人正是爆靈。」

「爆靈前輩她應該也很沮喪才對？」

關銀鈴說出理所當然的猜測，許筱瑩一聽，立即垂下眼簾。

「這是當然的，但我竟然事後才察覺。」

許筱瑩張開右手，手槍馬上消失不見，然後她握起纖細的拳頭。

「那個時候我天真地以為爆靈她很堅強，即使日子再難捱也能夠堅持下去，我不想成

為她的負擔，更加不想讓她失望，所以我咬緊牙關，繼續努力。除了我們兩人之外，事務所還有另一名超級英雄，那是早我們幾個月加入ＨＴ的前輩，他曾經和我們一起努力，可惜他堅持不了，大概半年之後就辭職引退。」

關銀鈴馬上想起這一件事。雖然當時未加入ＨＴ，但她一直都有留意ＨＴ的動向，大概在一年半之前，ＨＴ有一名超級英雄對外宣布引退，由於他不是什麼名人，所以沒有造成轟動，可是關銀鈴卻清楚記得。

「事務所只剩下我和爆靈，日子變得更難捱了，然後在某一天，爆靈突然問我，有沒有想過要跳槽到另一間事務所。」

「……前輩，妳有想過嗎？」

許筱瑩就在眼前，仍然待在ＨＴ，這就是最好的回答，但關銀鈴仍然不放心，所以小心翼翼地開口問道。

「坦白說，我有。」許筱瑩老實承認。

「在那個時候，誰都認為ＨＴ不可能有翻身的機會，我也是這樣想，所以當時沒有立即回答。」

「那為什麼前輩沒有跳槽呢？」

「因為我很感激製作人。」

「咦？」

關銀鈴低叫一聲，許筱瑩隨即給她一記白眼，「妳不相信嗎？」

「不！我不是質疑前輩，只是……沒想到前輩會這麼坦白。」

「嘖，所以我就說我真的有點累了，才會這樣……」許筱瑩再白了關銀鈴一眼，然後紅著臉說：「我不管製作人為什麼會錄取我，是他把我帶進超級英雄業界的，這件事我絕對不會忘記。」

「前輩。」

「……幹嘛？」

「我突然覺得前輩好可愛。」

「哈？」許筱瑩的臉頰變得更紅了，同時她狠狠瞪著關銀鈴，「我先警告妳，不准想像任何可恥的事情！」

「我不會啦！我絕對不會想像前輩其實是偷偷喜歡製作人！」

「妳果然是這樣想！我嚴正聲明，我只是感激他！」

「嗯，我知道了。但前輩妳還紅著臉，妳以為我會相信妳嗎？」

許筱瑩恨不得跑過去抓住對面的關銀鈴，但她深知對方的體能比她好多了，所以她只是不忿地瞪起雙眼，然後抓起咖啡大喝一口。

看到許筱瑩這個樣子，關銀鈴幾乎忍不住笑出來，不過她沒有忘記本來的話題，所以她收拾心情，放輕了聲音說，「……然後，爆靈前輩就跳槽了？」

「嗯……就是這樣。」

苦澀的味道瞬即在嘴巴裡擴散，並且蔓延至全身，許筱瑩想要沖掉它，所以又喝了一口咖啡。

「那個……前輩妳們沒有阻止她嗎？我是指……不是不讓她去另一間事務所，而是……有挽留過她嗎？」

「……沒有。」

許筱瑩握起杯子，落寞地笑了一笑。

「妳應該聽得出來吧？我一直很憧憬爆靈，即使在困難的日子裡，她也許和我一樣沮喪，但從來沒有表現出來，而且還鼓勵同樣處境的我，讓我打起精神，之後還陪我一起努力……所以，我相信只要到了更好的工作環境，爆靈她一定可以獲得成功的！」

「不過……」

關銀鈴沒有說下去，許筱瑩看了看她，嘴邊的笑容變得更加寂寞。

「也許只是我一廂情願的想法，但我是真心這樣想。」

許筱瑩把剩下的咖啡一飲而盡，之後爽快站了起來。

「事情就是這樣。如果可儀想知道，妳可以告訴她。」

不待關銀鈴回應，許筱瑩便轉身離開。關銀鈴想要叫住對方，可是她不知道該說什麼，在苦惱之際，對方已在眼前消失。

關銀鈴想起許筱瑩最後露出的笑容，心頭一疼，卻無處發洩。

「讓大家久等了！從今天起，節目將正式開始拍攝，就由我來為各位解說競賽的內容和規則！」

第二天，陽光普照，萬里無雲，是相當適合拍攝的好日了。

吃過早餐之後，NC電視臺帶著大家進入明星遊樂園內的「奇妙森林」，準備進行第一個競賽。

「第一個大亂鬥是『飛毛腿搶答』！」

為眾人解釋規則的人是端木直，他用一貫的興奮語氣，說得口沫橫飛。

飛毛腿搶答——簡單來說，就是一個搶答競賽，主持人負責提問，然後由各家事務所回答。這只是競賽的第一部分，第二，也是最重要的部分是，搶答的方法。

問題的答案都藏在寶箱之中，而這些寶箱則擺放在森林各處，事務所要盡全力去把答案搶回來，要是拿到錯誤的答案又或者被人捷足先登，都不會得到任何分數。

「我有問題。」卓不凡說：「照你的意思，其實我們不知道答案也沒問題吧？」

「正是這樣！」端木直猛地擊掌，「如果你們不知道答案，只要跟著知道答案的人，然後搶先把答案拿過來就可以了！」

「可以用任何方法？」

「任何方法！當然，在使用超能力的時候請小心安全，毀壞設施就算了，但請不要傷及別人。」

端木直說出不能讓園方聽見的話後，便繼續說明注意事項。

「每間事務所只可以派一人負責搶每個問題的答案，我們稱為『跑手』，其餘兩人則負責解答問題！知道答案之後，你們可以用任何方法把答案告訴跑手，甚至和跑手一起去找寶箱，不過最後只有跑手可以碰觸寶箱！假如其他人碰到了，該事務所不會得到分數，反而會被扣分！」

胡靜蘭立即說：「跑手的身分會公開嗎？」

「不會！所以，你們可以派人混淆視聽！」

端木直說完之後，競賽即將開始。

競賽場地主要分成三個區域：問題區——主持人提出問題的地方，這裡再簡單分成五個小區域，五家事務所各自待在其中一區解答問題。

跑手區——跑手準備的地方，最初待在跑手區的人不一定是真正的跑手，但主持人提問之際，各家事務所都必須派一人待在區裡等候。

尋寶區——整個奇妙森林，也是放置寶箱的地區。寶箱的位置都是公開的，不過放置的地點陷阱處處，少一點膽識、缺一份機智都難以抵達。

「跑手由銀鈴來當，筱瑩做煙幕，可儀負責解答問題。」胡靜蘭冷靜分配各人的工作，「有異議嗎？」

「沒有！」

「我……我會努力的！」

關銀鈴和藍可儀都點頭答應，許筱瑩則一邊調整護目鏡一邊說：「收到。」

關銀鈴立即仔細觀察許筱瑩的神情，看對方如此冷靜，她不禁以為昨天在餐廳發生的事只是一場夢境。

「前輩，妳昨晚……睡得好嗎？」

「哈？」許筱瑩馬上皺起眉頭，「妳在說什麼？」

「那個，就是關於爆靈前輩的——」

「嘖，如果說我不再在意，絕對是騙人的，不過那不是現在該想的事情。」

許筱瑩輕嘆一口氣，然後她戴好手套，爽快站了起來。

「我們是以ＨＴ的身分參加這次拍攝，我們要做的，就是要讓大家知道ＨＴ是一家怎樣的事務所。所以不要再胡思亂想，專心比賽吧。」

「好的！」

許筱瑩表現冷靜，但內心很可能還在動搖，關銀鈴不想打亂她心神，所以沒再多說，只是給她最堅定的回答，之後打起精神跑到跑手區。

她是第一個到達跑手區的人，接著暴君恐龍、超級雙子陸續走進來，關銀鈴馬上在胸前交握雙手，好不容易才忍住興奮的心情——但在下一刻，當她見到走進來的人時，她當場大吃一驚。

「王子！你怎麼會來？」

走進來的人正是一身漆黑，臉色卻異常蒼白，看起來隨時會倒下的吸血王子。

「嘿……因為我是跑手，所以就進來了……」

「你不要騙人啦！現在是大白天，外面陽光普照呀！」

「嘿……這又如何？我勸妳不要小看我……我可是生存了上千年的至高血族，區區陽光……我根本不放在眼裡……」

「你已經在翻白眼了！真是的，就算要玩奇招，也要顧及生命安全啦！」

「我就說……區區陽光……」

話未說完，吸血王子便倒下了。修長的身軀緊緊貼在地上，動也不動。

「嗚哇！吸血王子，你不要死呀！」

「我……沒事……」

忽然吸血王子以人類不可能做到的動作，身體貼在地上，筆直地朝後方舉起右手，關銀鈴嚇得大叫出來，但見他還能活動，總算稍微安心。

然而，正因為她大吃一驚，所以她不只大叫出來，還慌忙往後一躍，正好撞上最後一位走進來的人。

橙紅色的頭髮，伴隨著淡薄的菸味映入關銀鈴的眼、鼻中。

「……爆靈前輩。」

關銀鈴脫口而出，而爆靈除了皺起眉頭之外便再沒其他反應，她繞過關銀鈴，獨自一人待在跑手區的一角。

「大哥哥，你還好吧？」

在關銀鈴不知所措之際，超級雙子在吸血王子身邊蹲下來，好奇地戳著他的背部。

「……嘿，無知蟻民，沒資格來關心本血族……」

「哈哈哈！你這小子，原來只有身高能看嗎！這樣不帥、一點都不帥！」

暴君恐龍也來到吸血王子身邊，他仰天大笑，全身發勁，雄厚的肌肉馬上要撐破衣服似的膨脹起來。

「男人就是要有肌肉！」

「原始生物……竟敢嘲笑我……到了晚上就要你好看……」

吸血王子仍然臉貼地板，虛弱地說道，暴君恐龍聽到之後，又再大笑出來。

「真可惜，晚上是休息的時間！」

聽著他們無厘頭的對話，關銀鈴稍微放鬆了，不過她仍然有點不安，所以偷偷窺看站在一角的爆靈。

——她在想什麼呢？

關銀鈴回想起昨晚許筱瑩和爆靈的會面，過程絕不融洽，爆靈擺明不想跟許筱瑩多談一句話。

許筱瑩說過，爆靈是一個很堅強的人，即使再辛苦難過，她從來都不會表現出來。

——然而，這真的是堅強嗎？

關銀鈴很想和這位前輩好好談一談，但是許筱瑩說得沒錯，現在不是該想這種事情的時候。

——之後去找她吧！

關銀鈴暗自下定決心，接著，競賽正式開始了。

既然是以超級英雄為主角的節目，當中的問答題目，應該也是和超級英雄有關；另外，即使搶答的方法似乎很有趣，但這始終是問答比賽，根本和大亂鬥沒有任何關係——在場有不少人都是這樣想，所以當他們聽到問題的時候，全部的人都呆住了。

「請問心臟從摘取到移植的保存時間有多久？」

「以下哪一個是代表埃及神明索貝克的象形文字？」

「《魔戒》的作者托爾金曾經自創一種精靈語，下面哪一句話是『今天天氣真好』的意思？」

「正常來說，人類一生會脫落多少磅的皮膚？」

這是哪裡來的冷知識問答比賽！題目實在太刁鑽了！幾乎所有超級英雄都不知道正確的答案，見場面逐漸冷清，ＮＣ電視臺非但沒有降低問題的難度，反而追加全新的扣分制度，迫使一眾超級英雄在毫無頭緒的情況下，像無頭蒼蠅一般在森林內拚搏運氣。

「這根本是整人遊戲吧！」

場內抱怨四起，但超級英雄不愧是超級英雄，即使只能茫無頭緒往前亂衝，他們仍然不忘展現自己的超能力，好讓節目增添氣氛。

「超級雙子，合體！」

ＴＴＴ的超級英雄「超級雙子」，是業界，甚至是全ＮＣ當中罕見的特例，他們的超能力是二人共享的「合體」，只有一個人的時候不能施展出來，只有合二人之力，才能夠合體成為「超級男孩」。

合體之後，他們無論在體能、智力以及耐力方面都會大幅提升，輕輕鬆鬆就能突破奧運級世界紀錄，更加重要的是他們會變成一個帥氣的大男孩，展露笑容的時候都會迷倒萬千少女。

「嗚嗷──！滾開滾開滾開滾開！」

Halloween的嚎叫人狼，人如其名，是能夠變身成人狼的超級英雄。粗獷的體型和寫實的外貌，早在出道之時已廣為人知，跟超級雙子比起來，當然不受女性青睞。

不過他也有一群狂熱的支持者，而且他從來不介意讓自己化身成一頭猛獸，再加上現場就是一片森林，他如魚得水，動作快速俐落，儼如一頭真正的野獸。

不過，真正的重頭戲，果然還是３Ｒ。

「咕吼吼吼吼吼吼吼！！！！」

恐龍，來襲！恐龍曾經是雄霸地球的絕對王者，所有生物都要臣服在牠們的暴力之下，能夠變身成各種恐龍的暴君恐龍，正在用他的超能力喚起人們對暴力的恐懼和敬畏！

變身成暴龍之後，他身高十二公尺，每踏出一步，地面都在猛烈震動，膽子較小的藍可儀馬上大叫出來，而卓不凡則相當滿意暴君恐龍的表現，即使他拿起了錯誤的寶箱，導致３Ｒ被扣分，卓不凡也毫不在意，反而驕傲地抬頭挺胸。

「大家果然好厲害呀！」

一連串的問題之後，拍攝暫時停止，大家稍事休息之際，關銀鈴終於按捺不住興奮的心情，一邊吃著胡靜蘭替她們買來的使當，一邊手舞足蹈地說：「妳們有看到嗎？是恐龍！真正的恐龍！不知道在那種高度看下來，地面會變成怎樣呢哎呀。」

「我以前就說過了吧？我們不是他們的小粉絲，而是競爭對手。」

許筱瑩不悅地拍打關銀鈴前額，之後輕嘆一口氣。

「再這樣下去，我們會變成最後一名的。」

「對、對不起……我都不知道答案……」

藍可儀立即畏怯地縮起肩膀。至今主持人已經問了九個題目，當中藍可儀只懂得三個

——以問題的冷門程度來說，知道其中三個答案已經相當厲害了。

在場唯一能夠與藍可儀一比高下的，就只有和外貌完全不符、知識遠比想像中豐富的布偶瑪莉，她也答出三個問題，偏偏它們正是藍可儀懂得的題目，於是在暴君恐龍的力量之下，答案寶箱和分數都被他們搶去了。

「可儀妳沒有錯啦！都怪我沒有搶到寶箱！」

「嘖，妳還好意思這樣說。」許筱瑩又嘆一口氣，「不過這不能怪妳，這種長時間的競賽對妳很不利……幹嘛？」

許筱瑩本來已經皺起眉頭，忽然她察覺到關銀鈴正用奇怪的眼神看著她，所以眉頭皺得更緊了。

「前輩變得溫柔了啊，雖然還是皺著眉頭。」

關銀鈴笑著說道，許筱瑩一聽，立即白了她一眼。

「嘖，我只是實話實說。」許筱瑩煩厭地揮著手，「有時間說這種廢話，不如認真想想現在該怎樣做吧。」

「下一個問題，將會是這個競賽最後的題目。」胡靜蘭適時插嘴，笑了一笑說，「銀鈴妳可以放心使用超能力。」

「真的嗎？好的！請交給我吧！」

「但重點還是答案吧？」

許筱瑩馬上望著藍可儀，藍可儀當場一顫，但也鼓起勇氣說：「我、我會努力的！」

「可儀妳不用擔心，我會把答案全部搶過來的！」

「要是妳這樣做，我們肯定會吊車尾。」

許筱瑩冷冷地說。接著休息時間結束，各人回到各自的區域之後，最後的題目馬上要揭曉。

「終於來到最後的題目了！」穿著漂亮長裙的主持人，舉起手中的白信封，用開朗的聲音說：「我們馬上來看看題目吧！最後的問題——『我思故我在』是哪位哲學家提出來的哲學命題？」

「啊！」藍可儀馬上大叫出來。

和之前的問題相比，這道問題的難度明顯容易得多，所以不只是藍可儀，布偶瑪莉、狐靈，甚至是殭屍少女都知道答案。

在場反應最慢的是ＬＣ，不過他們只是慢個兩秒，之後在問題區域內的所有超級英雄幾乎同一時間朝著跑手區跑去，場面霎時間混亂起來。

「是勒內．笛卡兒！」

不知道是誰大叫出來，之後有四個人影率先往前跑出去。

暴君恐龍、嚎叫人狼、超級男孩以及闞銀鈴。

現在事務所的分數排名，第一名是3R，第二名是TTT，第三名是Halloween，LCHT則並列第四。

「分數是我們的！」

暴君恐龍這次變身成小型但速度超快的恐爪龍，幾個箭步和跳躍便一馬當先跑出，可是領先的勢頭只維持了短短幾秒，嚎叫人狼以突破人類的速度馬上追上來，超級男孩也不遑多讓，雖然稍微落後，但也緊咬住他們不放。

「暴君恐龍，你真的好厲害！待會請給我簽名！但是——」

闞銀鈴用力深呼吸，在空氣湧入體內之際，她終於運起超能力。

「這次的分數，我不會讓給你的！」

超人力量，發動！

耀眼的光芒像是閃電一般籠罩著闞銀鈴，超級男孩當場大吃一驚，但還未反應過來，闞銀鈴便超過了他。

「我絕對不會輸的！」

人狼和恐龍雖快，可是閃電更快！闞銀鈴不只追上二人，更一口氣越過他們，之後她如入無人之境，率先走進寶箱所在的區域。

寶箱放置在一個山洞之中，要走進去，必須先攀上一面懸崖峭壁。眼前的懸崖和地面幾乎成直角，一般人不可能徒手攀上，但這難不倒關銀鈴，她的雙手比任何爬山工具都還要可靠，只見她抓緊石壁，毫不費勁便往上爬去。

「妳跑得好快，但我飛得更快！」

暴君恐龍的聲音忽然從身下快速接近，令關銀鈴大吃一驚，她低下頭，便見到暴君恐龍此刻變成翼手龍，從後緊緊追上來！

「嗚哇！你真的好厲害！」

「待會我會給妳簽名，妳乖乖在下面等著吧！」

「這可不行！我答應過前輩會把分數搶回來的！」

關銀鈴連忙加快速度，暴君恐龍也急起直追，二人鬥得難分難解，而山洞就在眼前，洞口僅容一個人進去，換句話說，誰先爬上懸崖，誰將能夠搶得寶箱。

「寶箱是我的！」

二人異口同聲大叫出來，接著關銀鈴往上一蹬，險險超過在旁邊飛翔的暴君恐龍——

就在這時，猛烈的破風聲從兩人身後傳來。

「咦？」

關銀鈴躍在空中，所以未能回頭，但她清楚聽到破風聲快速迫近。

「小心！」
暴君恐龍猝然大喝，之後他二話不說，一腳蹬向關銀鈴。
「嗚哇！」
關銀鈴被踢飛了，她連忙伸出左手，驚險地抓住石壁，不過她還未回過神來，頭頂的山頭駭然爆炸！
「嗚哇哇哇——」
「抓住我！」
暴君恐龍及時撲向關銀鈴身邊，並用一雙利爪抓住她的肩膀，之後關銀鈴瞪大雙眼，看著前方冒出灰煙的山洞。
「……這到底是？」
「暫停！」
一聲吆喝從天而降，關銀鈴認得這是導演的聲音，她馬上轉過頭，望向問題區域所在的方向。
灰煙繼續從洞口飄出來，聞著伴隨而來的嗆人臭氣，關銀鈴駭然想到這是什麼東西的氣味。
——是炸藥的氣味。

「你們做得太過分了！」

導演在餐廳大聲怒喝。導演年紀不輕，頭髮斑白，但聲音響如巨鐘，他現在氣得臉紅耳赤，毫不客氣地指著周卓珊破口大罵。

「我們說過可以用任何方法去搶寶箱，但用炸彈阻止其他人？這怎樣想都太過分了吧！而且還要丟進山洞，你們到底在想什麼啊！」

「抱歉！我們太心急了，所以才會做這種亂來的行為，請原諒我們吧！」

周卓珊低頭合十，然後催促身邊的兩名超級英雄——爆靈和黑石鐵球一起道歉。

「抱歉，我們做得太過分了……」

黑石鐵球愧疚地說，爆靈則只是低著頭，輕聲說了一句「對不起」。

「真是的！幸好這不是直播節目，如果讓觀眾看到了，他們肯定會激烈投訴的！我告訴你們，不要以為自己有超能力就可以亂來，你們可以當上超級英雄，都是靠觀眾支持的，知道嗎！」

導演最後的話不只是對ＬＣ說，而是對在場所有的人說，之後他憤然轉身，把現場交

給端木直。

「端木先生，真的很對不起！」

周卓珊馬上跑到端木直身邊低頭道歉，端木直只好苦笑一聲，然後說：「你們真的做得太過火了……明天請謹慎一點啊。」

「哼，只是『一點』嗎？」卓不凡適時走過來，冷冷地瞪著周卓珊說：「你們說那是意外，這是真的嗎？我看你們根本是想要襲擊我們吧？」

「絕對不是！你們兩個，快點過來道歉！」

周卓珊趕緊把爆靈抓到身邊，然後迫使她低頭道歉，爆靈照做了，但卓不凡仍然是一臉不悅。

「真是的，以為煩人的傢伙不在，今天可以一切順利，怎麼知道還有一些更加沒有常識的人來了。」

「真的很對不起！」

「今天我們不追究，但再有下次，我一定會向你們事務所提出正式抗議。」

「卓先生請原諒她吧，周小姐是新人，需要一點時間適應工作。」

端木直幫忙打圓場，卓不凡一聽，馬上冷哼一聲。

「竟然讓新人獨自帶隊，ＬＣ太不重視這次拍攝了吧。」

卓不凡說完這句話後便憤然離開，周卓珊不敢怠慢，連忙把身後的兩人帶到ＨＴ四名女孩的眼前。

「對不起！給妳們添麻煩了！」

周卓珊這次九十度鞠躬，胡靜蘭看著她，只是輕輕搖頭。

「周小姐，請抬起頭吧。」胡靜蘭平靜地說：「雖然爆靈和黑石鐵球做錯了事，但他們都只是求勝心切，明天不要再衝動行事就可以了。」

「嗯，真的很對不起！」

周卓珊說完之後，趕忙把爆靈叫上前。

「快點向她們道歉！雖然妳現在加入了我們ＬＣ，但妳曾經是ＨＴ的人，妳出手真的太重了！」

周卓珊毫不顧忌地說出爆靈和ＨＴ之間的關係，爆靈隨即瞪大雙眼，嚇得周卓珊往後退了一步，但她仍然堅持地說：「快點道歉！」

「……對不起。」

爆靈總算老實道歉，胡靜蘭看著她，不動聲色地垂下眼簾。

「周小姐，可以讓我們單獨談幾句話嗎？」

雖然胡靜蘭沒有指名道姓，但周卓珊立即明白她的意思，所以周卓珊點頭回答之後，

便帶著黑石鐵球先行離開。

其他人也逐一離開，一會之後，餐廳便只剩下爆靈和ＨＴ一行人。

「……妳想說什麼？」爆靈問道，語氣十分冷淡。

「妳好像變了呢。」胡靜蘭抬起頭，凝望爆靈的雙眼，「一年沒見，妳好像變得……很焦躁。」

「嘖，妳看得出來嗎？真是厲害啊。」

「以前的妳不會這樣做的。」

「不，我會，只是你們不知道。」爆靈馬上瞪著胡靜蘭，「你們從來都不知道。」

爆靈話中有話，胡靜蘭聽得一清二楚，但她沒有反駁，只是輕輕抿著嘴巴。

「爆靈，我知道妳討厭我和諾天，但請妳不要針對她們。」

「不要自以為是，我沒有針對妳們。」

「爆靈，妳——」

許筱瑩想要插嘴，不過胡靜蘭率先阻止了她。

「既然妳這樣說，我相信妳。」

爆靈的臉孔當場扭曲了。她既像要皺起眉頭，可是嘴角卻霍地往上勾起，露出一張猙獰的表情。

「……妳現在才這樣說啊？」

爆靈也察覺到自己失態，立即舉手掩住臉，只露出一雙怒火中燒的眼睛瞪著胡靜蘭。

「無論妳現在說什麼，過去的事情都不會有任何改變。」

「我知道，但我還是要說。」胡靜蘭筆直地迎接爆靈的目光，「雖然妳不再是ＨＴ的人，但如果妳需要幫忙，我和諾天都會幫助妳。」

「嘿，靠一個不在這裡的人嗎？」

「他現在只是暫時休養，之後就會回來的。」

「我才不需要你們！而且妳不要太自大，妳什麼都做不了，只能夠待在事務所裡當吉祥物！」

爆靈狠狠丟下這句話，之後她不再理會胡靜蘭等人，逕自轉身離開。

「靜蘭姐。」許筱瑩不安地說：「爆靈她有點不妥。」

「嗯……」

胡靜蘭輕輕點頭。

自從重遇爆靈之後，她就隱約察覺到對方的氣息變得不太一樣了。最初她以為是她的錯覺，甚至認為是她厚顏無恥的想像，不過經過今天這一件事，她終於肯定這是千真萬確的事實。

胡靜蘭的心很痛。

爆靈雖然態度惡劣，而且明顯充滿敵意，但她說對了一件事——胡靜蘭現在什麼都做不了。

不只是在這種場合，在其他日子，即使察覺到事情有所不妥，她都只能依靠游諾天去處理ＨＴ的事情，而她唯一能夠做的就是待在事務所等待。

——假如諾天在這裡，他會怎樣做呢？

胡靜蘭不知道。

更加令她心痛的是，即使她知道，她也是無能為力。

游諾天在深潛。

電子世界——這是游諾天的超能力，概括來說就是把自己的意識連接到電子儀器，然後控制它們。

聽起來相當簡單，但所有擁有心靈感應的超能力者都知道，要把自己的意識連接到他人身上是極其困難的事情。要比喻的話，就像是一個移植手術，身體會自然排斥外來之物，

輕則被其拒絕，重則對方會用盡一切方法去消滅入侵者。

所以，同類生物之間的心靈感應已經相當危險了，而游諾天超能力作用的對象，卻是另一種完全不同的存在。

機器能夠思考嗎？

這種問題，爭論的人仍然大有人在。很多人不相信機器能夠思考，它們唯一能夠做的就是執行指令，而假如它們真的表現出某種疑似擁有感情的舉動，那只是指令之下衍生出來的產物，不是真正的感情。

如果游諾天也是這樣想，恐怕他早就迷失在電子世界之中。

「看起來沒有任何問題。」

「你是這樣想的嗎？」

一個俏皮的聲音在耳邊響起，但游諾天身邊沒有人——不只是人，連一件稱得上實體的東西也不存在，只有無數大小不一的光球環繞在側。

「妳這樣說，是暗示我想錯了嗎？」

「我不知道。」

如果是在現實世界，游諾天早就皺起眉頭，不過現在他沒有任何不悅，只是平靜地接著說：「除了我之外，有人來過嗎？」

「有很多人來過，但都被我拒絕了。」

「為什麼？」

「不為什麼，就只是拒絕，然後他們就回去了。」

「沒有任何例外？」

「除了你，沒有。」

也就是說，有很多駭客嘗試入侵過，但都被防禦系統擋下了。

「這樣的話……」

游諾天伸出手——他認為自己伸出了手，不過不只是其他人或物，連他本人在這裡也不存在實體，所以他只是想著「伸出手」這個動作。

然後一個光球就來到他的眼前。

「妳的記憶沒有被人竄改過？」

「以我現在的記憶，沒有。」

意料之中的回答，但游諾天沒有完全相信——電子世界是不存在謊言的，因為它們只會說出自己認知的事情，然而，這份「認知」也許早就被修改，而它們渾然不覺。

「我可以看妳的記憶嗎？」

「不可以，但我不能阻止你。」

「那麼，我失禮了。」

游諾天把雙手放進光球之中，光球頓時發出刺眼的白光，但游諾天不覺得熱，反而感到有點冷。

無數的影像彷彿重疊在一起，在腦海中同時飛逝而過。

超級英雄們遇到意外的一刻、夏日美食節的一刻、英雄新星的一刻，時間的分野不再存在，全部融成一體，一瞬間把游諾天整個人吞下去——

「沒有任何異常。」

游諾天說出相同的結論，卡迪雅沒有不滿，只是平靜地看著他。

「你肯定？」

「沒有時間的斷層，也沒有缺失的地方，而且它們的狀態很穩定，雖然曾經有人強行突破，但都被它們拒諸門外。」

「所以，果然是我想太多了？」

「可能性高達百分之九十九。」

「剩下的百分之一是？」

「我不知道。」游諾天稍微恍神，然後他拿出一片巧克力含在嘴巴之中，「在電子世

界，從來不存在百分之百。」

卡迪雅馬上挑起眉頭，「也許是我的錯覺，但你還好吧？」

「只是深潛太久，稍微被同化了。」

「要來個喚醒睡美人之吻嗎？」

「不需要。」

游諾天望著天花板好一會，之後他吞下巧克力，總算恢復過來。

「……雖然我找不到異常，但真的好奇怪。」

「因為ＱＶＡ的事情？」

「這是其中一個奇怪的地方。」

ＱＶＡ的超級英雄可愛鎖鏈被人襲擊——雖然維多利亞沒有承認，但她間接肯定了這個事實，偏偏那次事件沒有任何影像記錄，原因是當時那邊的路口監視器發生故障，未能監控那個地方。

「另外，雖然它們的狀態很穩定，但反過來說，未免太穩定了。」

「我沒有進入過電子世界，不知道你在說什麼。」

游諾天想了一會，然後說：「電子世界是一個持續成長的『智能』，學習的速度遠遠超越我們，有時候一個看似微不足道的消息，也可能令它們大幅成長。」

「所以呢？」

「它們竟然和以前一樣。雖然進化仍然在進行，但未免太慢了。」

「我必須再說一次，我完全不明白你在說什麼。」

「有人在妨礙，又或者控制它們的成長。」

「這種事做得到嗎？」

「……如果擁有和我相同的超能力，做得到。」

卡迪雅馬上瞇起雙眼，專心盯著游諾天。

「在我們的資料庫當中，你的超能力獨一無二。」

「我也從來沒見過擁有和我相同超能力的人，這邊沒見過，另一邊也沒見過。」游諾天說：「不過，我們不知道，不代表對方不存在。」

「如果真是這樣，事情會變得好麻煩。」

卡迪雅喝掉早已冷掉的咖啡，然後站了起來。

「我會嘗試從這方面著手調查，你就繼續調查電子世界，調查到你百分之百肯定沒有異常為止。」

「妳其實是想軟禁我吧？」

「這個嘛，也許是喔？」

卡迪雅給了游諾天一個飛吻，他馬上回她一記白眼，之後他把身體沉入椅子之中，無力地嘆一口氣。

就在這時，他的手機收到了訊息，寄信人是赤月。

「你還好吧？老女人有沒有對你毛手毛腳？」

一看到這句話，游諾天感覺更加疲累了，不過他知道赤月只是關心他，所以他也老實回信。

「我很好，妳好好休息吧。」

「我待會就回來。」

赤月隨即這樣回覆。赤月和他一樣都是大病未癒的狀態，所以昨天去過ＱＶＡ之後，游諾天便送她回家休息，她最初並不願意，但游諾天強硬堅持，最後她妥協說會好好休息一個晚上。

想到這裡，游諾天幾乎忍不住要給赤月傳一封簡訊，把心中的疑惑都告訴她，可是當他回過神之後，他已經收好手機，再次仰頭輕嘆。

超級英雄的超能力並非全都是獨一無二的，兩個人擁有相同的超能力，這種事在超級英雄的歷史上不時發生。雖然如此，他從來沒有見過擁有和自己相同超能力的人，這並非謊話。

然而，他有一件事瞞著卡迪雅。

如果說有另一個人有超能力進入電子世界——

「……不可能。」

游諾天馬上搖頭，把浮上來的不安拋諸腦後。

可惜，這份不安悄然根植在心底，在游諾天無視它的時候，它一直在默默生長……

第五章

你們該不是故意的吧！

由於昨天險些釀成意外，所以今天拍攝現場的氣氛緊張了起來，而且一大早卓不凡毫不掩飾內心的不悅，一見到端木直，便馬上開口質問他：「今天不會再發生像昨天那樣的事情吧？」

「當然不會！昨晚導演已經和周小姐好好談過，今天絕對不會再發生任何意外！」

端木直如此斷言，之後他望向ＬＣ一行人，本來想尋求周卓珊的同意，不料對方竟然不在。

「咦？周小姐還未來嗎？」

「抱歉，製作人她身體不適，所以在房間休息。」

花螳螂歉疚地回答，卓不凡一聽，立即冷哼出來。

「真是嬌生慣養的小女孩，就這樣子丟下超級英雄不管，還當什麼製作人？」卓不凡又再哼了一聲，「你們今天小心一點，不要再亂來！」

說完之後，卓不凡總算稍微氣消，他回到暴君恐龍等人身邊，等著導演前來。

大概五分鐘之後，導演終於來到現場。

「抱歉，我來遲了。」

經過昨天的事情，眾人原本以為導演還氣在心頭，但他現在相當冷靜，甚至臉帶笑容，眾人都不禁好奇地看著他。

「昨天發生了一點意外，我希望今天不要再發生類似的事情。」

導演一邊說一邊望向ＬＣ，花螳螂再一次代表回答，之後導演環視在場眾人，又一次笑出來。

「那麼事不宜遲，我們馬上來解說今天的競賽內容吧！不過在這之前，我要先向大家介紹一個人，她是這次競賽的協力者，有她的幫忙，這個競賽才可以進行。請過來吧！」

「大家好！」

一個爽朗的女聲從前方傳來，在場所有人立即大吃一驚，而當中反應最大的人肯定是卓不凡。

「給我等一等！」他猛地站起來，不悅地指著女子說：「為什麼她會在這裡？我從來沒有聽說過！」

「哎呀，不凡兄，你不樂意見到小女子嗎？」

女子嫣然一笑，假如是其他人見到，肯定會立即心軟，可是卓不凡只是憤然瞪起眼睛，不甘心地盯著她。

「妳不要告訴我，你們是特別嘉賓。」

「放心，只有小女子一人前來。」

女子有著一頭亮麗的粉紅色及肩長髮，表情如同會笑的貓咪一般，身穿一件白袍，踏

著厚重的工作靴，但最引人注目的，還是戴在她雙手之上的鐵甲手套，它們比女子的手腕足足粗了一圈，看起來格外巨大。

「原來是妳。」

胡靜蘭輕輕一笑，女子隨即轉過頭來，輕輕勾起嘴角。

「原來你們都沒有發現嗎？」

「我就覺得停車場有一輛車相當眼熟，可是一時間想不起是誰的車……」胡靜蘭低頭致歉，然後笑著說：「好久不見了，索妮亞。」

索妮亞．亞古斯——ＮＣ無人不識的天才發明家，不只如此，她更是超級英雄業界排名第二的事務所 Cyber Justice 的執行製作人。

「為什麼這個女人會在這裡？」

卓不凡可沒有興趣和索妮亞來一場感人的相遇，他繼續緊咬對方不放，導演見狀馬上派端木直來解釋。

「事情是這樣的！」

端木直立即把今天的行程表分派給在場的眾人，之後趁大家都還沒有反應，連忙接著說下去。

「今天的大亂鬥是超級機器人大戰！」

超級機器人大戰——曾幾何時，有一款知名的電玩遊戲也是相同的名字，不過此次競賽並非讓參賽者駕駛巨大機器人戰鬥。

「競賽的場地，就是眼前的科技之城！」

科技之城——集合了人類有史以來所有科技的遊樂場所，從古早的電子遊戲到最先進的虛擬實境，應有盡有。上一刻可能還見到已經絕跡多年的黑膠唱片；下一刻便馬上跳入幾可亂真的電子世界。待在這裡，客人們總是有種不斷在穿越時空的神奇感覺。

「今天大家要做的，就是要和這些機器人戰鬥，然後取得關鍵的鑰匙！」

端木直打開設置在頭頂的監控螢幕，眾人抬頭一看，便見到大量灰色的機器人分布在科技之城各處。

「關鍵的鑰匙……請問是什麼？」甘樂書問道。

「就是藏在指揮官身上的鑰匙！」

端木直高舉右手，螢幕上立即出現五個顏色分別為紅、藍、黃、綠、紫的機器人。

「這五個機器人是機器人大軍的指揮官，在它們體內都藏有一把鑰匙，每把鑰匙都能打開一個寶箱，而每個寶箱都有不同的分數！」

「簡單來說，就是要打倒這些指揮官，然後把分數都搶過來吧？」卓不凡說。

「正是這樣！寶箱並非平均分派給每家事務所，如果到時動作太慢，分數都會被其他

人搶走！」

「嘿，這樣很好。」卓不凡冷笑著說：「明刀明槍的戰鬥，我喜歡。」

「看不凡兄的樣子，是打算靠暴君恐龍暴力亂闖吧？」

索妮亞忽然開口了，卓不凡馬上轉過頭，瞇起右眼盯著她。

「怎麼了？這樣子犯規嗎？」

「怎麼會呢？不過，小女子建議最好不要這樣做啊。」

在場眾人立即望向索妮亞，而端木直也把話題交給索妮亞，讓她接著說下去。

「正如不凡兄所說，這次的目的就是要把分數搶過來，不過在這之前，先讓小女子解釋一下這些機器人大軍的設計。」

索妮亞拿過螢幕的搖控器，把畫面轉回去灰色的機器人身上。

「這些灰色圓頭的機器人是『守衛』，負責看守街道。它們不會主動攻擊，不過進入它們的守備範圍並且被發現了，它們就會做出攻擊。」

然後畫面轉到另一批灰色的機器人身上，但這批和之前的不同，在它們的頭頂之上，有一隻相當顯眼的尖角。

「這些灰色有角的是『獵兵』，會在各街頭走動，一發現大家就會主動攻擊。如果被它們攻擊，大家當然可以選擇戰鬥，但萬一打不過它們，只要伏在地上，它們就不會做出

攻擊，並且會在一分鐘後自動撤離。」
畫面回到五個指揮官身上。
「最後就是這五個指揮官。它們和守衛以及獵兵不同，見到大家的時候會立即逃走，同時會召集附近的守衛來幫忙。打倒它們之後，它們身邊的守衛都會停下來，然後回到各自的崗位。」
「就只是這樣？」卓不凡冷笑出來，「真是簡單的設計。」
「俗語不是有說嗎？簡單就是美，不過呢，它們都是用可變形金屬造的啊。」
卓不凡當場一怔，之後難以置信地看著索妮亞。
見狀，索妮亞勾起了嘴角。
「它們是懂得學習，然後進化變形的機器人。它們的大腦中樞，有一個資訊共享的區域，每經過一場戰鬥，它們就會把戰鬥的數據記錄下來，然後分發給其他機器人，再由指揮官分析研究。」
眾人馬上明白索妮亞的意思，由於太過驚人，他們都說不出半句話。
「最初你們可以輕鬆打倒它們，但它們越是戰敗，便會變得越強。當然這只是理論，不過在理論上，它們都可以變成無人能敵的怪物。」
索妮亞看著卓不凡，露出燦爛的笑容。

「所以，我衷心建議各位不要用暴力硬闖，不然最後反過來被暴力打敗，樣子會很難看呢。」

「……嘿，有趣！」卓不凡不甘示弱，馬上大聲回答：「我就讓妳好好看清楚，正因為妳只會靠小聰明，所以才會是萬年老二！導演，馬上開始比賽吧！」

「真是容易看透的男人。」

占卜師悄聲說道，聽到的人不多，但所有人都默默認同。

「就如索妮亞所說，由於機器人都會隨著戰鬥而進化，所以硬闖絕非上策，不過3R一定會不顧一切，讓暴君恐龍四處亂闖，強行把指揮官逼出來。」

胡靜蘭果然沒有猜錯，競賽一開始，暴君恐龍便變成凶猛迅速的恐爪龍，把眼前的機器人咬個稀巴爛，不只是他，冰雪女王和布偶瑪莉也各自使用超能力，快速打倒四周的機器人。

由於三人對自己的超能力相當有信心，所以他們分開行動，不到半小時，大概兩成的機器人大軍都被他們打爛了。

「妳們不要硬闖，3R有3R的做法，我們有我們的做法。我們的目標是找到指揮官，最好的情況是找到兩個。」

「轟！轟轟！」

爆炸的聲音從遠處傳來，藍可儀幾乎嚇得要大叫出來，不過她及時掩著嘴巴，把尖叫硬生生吞回去。

「前輩，我們這樣子不會太慢嗎？」

關銀鈴也聽到爆炸聲，但比起害怕，她更加覺得興奮，因為爆炸傳來的地方，肯定是有人在使用超能力戰鬥，假如能夠近距離看這些精采的表演，她絕對會忍不住尖叫出來。

「要不然妳想怎樣做？」許筱瑩沒好氣地瞪了關銀鈴一眼，「像他們那樣子衝出去，然後瀟灑地打倒機器人嗎？」

「其實……我們做得到？」

「我和妳做得到，但妳要丟下千面不管嗎？」

許筱瑩從牆邊探頭望出去，確認沒有守衛在附近，立即催促其餘二人往前走。同一時間，又有爆炸聲隨風傳來。

「我不會丟下可儀，但這樣子鬼鬼祟祟，一點都不像超級英雄啦！」

「熱血英雄的時代早就過去了。」

左手邊是用蒸氣引擎推動的小型火車專區，右手邊則是驚險刺激的雲霄飛車，這種落差果然有一種令人時間錯亂的感覺，不過許筱瑩沒有被身邊的景色抓去注意力，她細心聽著附近的聲音，以確保行動一切順利。

「不過，不只是3R，LC和 Halloween 都是強行突破呀。」

「轟！」又一記爆炸聲從另一邊傳來，彷彿在印證關銀鈴的說法。

她說得沒錯，除了3R之外，LC和 Halloween 都決定採取正攻法，他們沒有逃避守衛，當碰上面的時候，他們都會正面對決。

Halloween 三人本來就是行動派，而且擁有強壯的身體，即使吸血王子仍然因為大白天而一副半死不活的模樣，但在殭屍少女以及嚎叫人狼的力量之下，守衛根本阻止不了他們前進。

LC三人也是。爆靈是名副其實的武鬥派，花螳螂和黑石鐵球也不是省油的燈，花螳螂的雙手可以變成利刃，黑石鐵球則擁有遠超常人的臂力，他們三人聯合行動，一邊打倒守衛，一邊搜尋指揮官。

唯一和HT同樣以專心找到指揮官為目標的只有TTT。雖然超級雙子戰鬥力不凡，但狐靈和靈力女孩都不善戰鬥，所以他們決定盡量避免不必要的戰鬥，取得鑰匙之後便快速撤退。

「我們不加快行動，鑰匙會被他們都搶走的！」
「他們只是不顧一切往前衝，不代表可以很快找到指揮官……退後。」
許筱瑩聽到整齊劃一的腳步聲從不遠處傳來，她立即把手指壓在唇上，然後叫關銀鈴和藍可儀退到牆邊，關銀鈴雖然不太滿意，但也乖乖陪著她們躲起來。
接著，三個守衛就在她們身邊走過，沒有察覺到她們。
待守衛走遠之後，她們繼續往前走。同時，許筱瑩放輕聲音說：「果然，它們都是靠『感應』和『看』來探知目標，而且對聲音不太敏感。」
「所以，我們可以靜悄悄走到它們身後，再打倒它們？」關銀鈴說。
「超級英雄會從後偷襲嗎？」
「是不會，但我真的很想和它們打一次呀！」關銀鈴抓著許筱瑩的衣袖，接著激情地說：「它們是由索妮亞小姐製造出來的，是天劍、千眼，以及CJ全部超級英雄的戰鬥裝甲的創造者——索妮亞小姐！她真的好厲害啊！我一直都好想近距離看她的發明品，現在就是千載難逢的機會！」
「她好像認識靜蘭姐，這個競賽結束之後，妳去拜託靜蘭姐吧。」
「我已經有這個打算了！但是可以用全力和索妮亞小姐的發明品進行戰鬥，一定會很有趣的！」

「嘖，我只知道，如果今天我們繼續墊底，肯定不會有趣。」

「不會啦！只是稍微打一下，馬上就會——」

「轟！」突然一記爆炸聲傳來，這次不是從遠處，而是在旁邊的街道。

「爆靈！趴下來吧！」緊隨而來的是花螳螂的叫聲。

這個時候，HT三名女孩應該要馬上朝反方向走才對，可是許筱瑩卻停了下來，雙眼緊盯著聲音的來源。

關銀鈴看出許筱瑩的心思，立即說道：「前輩，我們去看看吧！」

「不，我們——」

「快走吧！」

關銀鈴不待許筱瑩回應，便率先衝了出去，許筱瑩不禁一愣，之後趕忙帶著藍可儀跟上去。

穿過兩個街頭之後，來到擺滿熱氣球的古老飛行區，兩個站立的人影隨即進入她們的視線。

其中一人，正是稍微喘著氣，雙眼卻仍然炯炯有神的爆靈；而在她的對面，是一個灰色的機器人。

它不是圓頭的守衛。

而是長著尖角的獵兵。

「爆靈前輩！」

關銀鈴大叫出來，爆靈和獵兵都馬上轉過頭，後者銀色的鐵面具當然沒有任何反應，但爆靈隨即皺起眉頭，不悅地盯著三人。

然後，獵兵轉回頭望著爆靈。

「小心！」

關銀鈴記得索妮亞向他們展示的時候，獵兵和守衛的唯一差別就是頭上的尖角，然而現在獵兵的腳彷彿變成了羚羊的蹄子，腳步迅速，沒幾秒便來到爆靈眼前，爆靈險些反應不及，被它手上的劍刃擊中。

「嘖！」

避開了這記猛疾的劈擊，爆靈馬上反擊，她看準獵兵胸口間的破綻，以左手作掩護，右手霍地往前一抓，直取對方胸口。

在其他人，甚至在爆靈眼中，這一記已經分出勝負，因為爆靈的手掌隱約閃出紅光，這是她發動超能力的證明，只要獵兵被她碰到便會變成一枚炸彈。

然而，關銀鈴看得一清二楚。

獵兵的胸口乍看毫無防備，但它的左臂正在爆靈的視線死角，準備往下揮出。

「左邊！快避開！」

關銀鈴急地大喝，爆靈當場回過神來，可惜已經太遲了，獵兵的左臂已在眼前。

爆靈來不及閃避，只能閉上雙眼，等著攻擊到來——

「喝呀！」

冷不防一聲嬌喝轟然響起，爆靈馬上瞪大雙眼，映入眼簾的竟然不是獵兵的左臂，而是一個身上閃著金光的女孩身影。

「喝！」

爆靈完全不能理解發生了什麼事，她只見到關銀鈴現在取代了她的位置，毫不畏懼地面對獵兵，獵兵又再往前撲出，速度比幾秒之前更快了，爆靈雖然能夠看到它的動作，但實在沒有避開的把握。

關銀鈴也是，她站在原地動也不動，似乎也是反應不及——

不對。

這只是爆靈的想法，她以為關銀鈴站著不動是因為不能反應。

獵兵往前揮出的刀刃馬上就要打中關銀鈴，刀鋒雖然遠比看上去還要鈍得多，直接被擊中也難免會受傷。然而，這種事情並沒有發生。

「喝！」

關銀鈴往前揮出一拳，乍看之下，嬌小的拳頭根本不可能是刀刃的對手，所以獵兵毫不猶豫往前迎擊。

拳刃交鋒，接著，刀刃碎裂。

如果獵兵會顯露感情，鐵面具之上肯定是驚訝的神色，而它現在僅能以最快的速度抬起頭，筆直地注視關銀鈴。

下一刻，關銀鈴的拳頭刺穿了它的胸口。

這一記攻擊精準無比，一擊便打穿它的動力裝置，所以它沒有發生爆炸，當關銀鈴收回右手，它便頹然倒在地上。

這只是發生在短短三秒之間的事情。

「爆靈前輩，妳還好嗎？」

關銀鈴急忙轉身望向爆靈，爆靈實在不敢相信剛才發生的事情，所以仍然一臉吃驚地看著她。

「妳哪裡受傷了嗎？」

見對方沒有任何反應，關銀鈴更加焦急了，不過就在她碰上爆靈的手臂時，爆靈猛然回過神來。

「不要碰我！」

爆靈一手揮開關銀鈴，關銀鈴稍微一怔，但馬上放心地笑出來。

「太好了，見前輩妳沒有反應，以為妳哪裡受傷了呢。」

「妳幹嘛要多管閒事——」

「妳好厲害啊！」

爆靈話未說完，花螳螂興奮的聲音便從後傳來，他和黑石鐵球都跑到關銀鈴身邊，高興地握起她的右手。

「剛才那個獵兵已經進化了，我們都打不過它，但妳竟然可以輕鬆打倒它！」

「嘻嘻，也沒這麼厲害啦……」

被人用熾熱的眼神正面凝望，關銀鈴當場感到不好意思，但是得到別人的稱讚，她可是開心得不得了，為了掩飾高興的心情，她只是抽回右手輕輕搔著臉頰。

忽然一記冷哼傳到耳邊，關銀鈴馬上想起爆靈還在身邊，所以連忙轉過頭，可是對方沒有等她，反而直接轉身離去。

「啊……」

關銀鈴想要叫住爆靈，但話到嘴邊便停了下來，然後輕聲嘆息。

「呃，那個，很對不起。」花螳螂輕聲地說：「她其實沒有惡意的，只是……有點難相處。」

這句話勾起了關銀鈴的注意，「爆靈前輩她很難相處嗎？」

「唔……我也不敢這樣說，我之前沒什麼機會和她交談，這次她也是臨時頂替其他人來的。」

「咦？本來是由其他人來的嗎？」

「是的，不只是她，負責帶隊的人本來是駱先生，不過前兩天出發的時候，事務所改派了周小姐來帶隊……我不是想說周小姐壞話，但她始終太年輕了，如果駱先生在這裡，應該可以好好指導爆靈吧。」

「啊……」

「真的很多謝妳幫助我們，我們要跟上去了。」

花螳螂再次道謝之後，便和黑石鐵球一起追上先行離開的爆靈。看著他們三人遠去，關銀鈴若有所思地撫著下巴。

「……妳這傢伙，怎麼會突然衝上去？」

忽然一記手刀劈向關銀鈴的頭頂，關銀鈴當然不痛不癢，但也不由自主地低叫一聲。

「剛才情況很危急嘛！獵兵馬上要打到爆靈前輩了！」

「出發前索妮亞小姐也說過了吧？一部分機器人會拿著刀刃，不過那些刀刃都是鈍

刀，頂多輕微割傷，不會有生命危險的。」

「就算是這樣，我們也不可以坐視不管啦！見到別人有困難，就要出手相助，這才是超級英雄要做的事情！」

「妳還真敢說……不過，假如剛才妳不出手，也許會換我忍不住行動吧？」許筱瑩輕聲地說。

「咦？真的嗎？」

「但妳先出手了。」

許筱瑩不置可否，又再嘆一口氣，之後露骨地皺起眉頭。

「先不說這件事，因為妳突然出手，我們的計畫都被打亂了。」

「我們可以照原定計畫，小心翼翼前進啊？」

「然後任由妳的超能力超過時限嗎？」

許筱瑩白了關銀鈴一眼，見她仍然一臉傻笑，便知道她早就猜到接下來她們該怎樣行動了。

「真是的……妳該不會是故意的吧？」

「不是啦！我真的是見爆靈前輩有危險才出手的！」

「諒妳也不敢亂來……算了。」許筱瑩用力深呼吸，然後說：「我們也要加入混戰。

千面，好好跟著我。」

「知、知道了！」

「喔！我們一口氣往前衝吧！」

關銀鈴振臂歡呼，然後她一馬當先，往前直奔而去。

「第一個指揮官被打倒了！取得鑰匙的是3R的暴君恐龍！」

「第二個指揮官也被打倒了！這次是TTT的超級雙子！」

指揮官被打倒的時候，全場馬上響起人工合成的歡呼和拍掌聲，頭頂的螢幕也順次序展示出暴君恐龍和超級雙子的英姿。雖然很不甘心，但關銀鈴也忍不住歡呼叫好。

「他們真的好厲害！前輩，我們也要加油！」

「當然了！但不要忘了，妳的超能力馬上就到時限了！」

「我沒有忘記啦！喝呀！」

一個獵兵從空中撲來，關銀鈴沒有慌張，反而俐落地往上踢腿！這一次獵兵幾乎要避開了，但關銀鈴還是比它更快，結實地踢中獵兵的下巴，許筱瑩沒有錯過這個機會，右手

扳機一扣，子彈應聲飛出，貫穿獵兵的胸口。

競賽已經進行了一小時，兩個指揮官被打倒，但機器人的數量彷彿有增無減，而且它們變得越來越強，超級英雄們都開始感到吃力，戰況逐漸陷入膠著。

不過，沒有人因此放棄。和真正的難關相比，眼下的狀況根本不算什麼。

就在這時。

「前、前輩！」

藍可儀忽然大叫出來，許筱瑩馬上吃驚地轉過頭，便見到對方正舉手指著另一邊。

「那個……是指揮官嗎？」

許筱瑩順著藍可儀的手指看過去。她們現在位於太空科技區，和其他地區相比，這裡雖然有很多高科技的產品，但四周色彩以較為單調的白色為主，所以許筱瑩馬上就看到那個鮮豔的紫色。

「做得好！」許筱瑩高興地拍著藍可儀的肩膀，然後壓低聲音對關銀鈴說：「我們立刻繞到它的身後，然後妳撲上去打倒它。」

「嗯！交給我吧——」

關銀鈴本來一臉興奮，但她忽然一愣，疑惑地看著眼前的指揮官。

「……前輩，好像有點奇怪？」

許筱瑩皺起眉頭，「有什麼奇怪？」

「雖然我們沒有遇過指揮官，但索妮亞小姐不是有說過，它遇到大家的話就會立即逃走嗎？」

「所以呢？」

「它的動作……看起來就像要戰鬥？」

「咦？」

經關銀鈴這樣一說，許筱瑩也察覺到不妥之處——指揮官和其他機器人一樣，臉孔都是鐵製的面具，所以看不清楚它的表情，不過它現在低下頭，筆直地盯著地面，就像在沉思一般。

又像在盯著地面的某些東西。

不只如此，它的雙手不是人形的手，而是像獵兵一般，是閃爍著銀白光芒的刀刃。

——假如它遇到敵人會逃走，為什麼雙手會變成刀刃？

「……放輕腳步，不要被它發現。」

關銀鈴輕輕點頭，然後她轉過頭對藍可儀說：「可儀，妳不要緊貼我們，站在後面安全的地方。」

揮官。

「……嗯。」

藍可儀似乎相當緊張，於是關銀鈴朝著對方微微一笑，之後她走在前頭，慢慢走近指揮官。

指揮官仍然沒有發現她們，繼續盯著地面。

——地面上一定有什麼東西。

關銀鈴悄然握緊雙手，之後她終於來到指揮官的身後。

接著，她不禁倒抽一口氣。

「這是——！」

關銀鈴顧不了會被指揮官發現，當場大叫出來——緊接著下一刻，指揮官果真回過頭來，筆直地看著她。

關銀鈴沒有理會它，反而朝著它身後的人叫道：「冰雪女王！妳還好嗎？」

緊隨而來的許筱瑩立即吃驚地掩著嘴巴，因為在指揮官的身後，３Ｒ的冰雪女王就像昏倒似的，默默倒在地上。

兩名女孩都吃驚得不知所措，指揮官趁著這個空檔，霍地朝二人衝過來！

關銀鈴及時回過神，她主動踏前一步擋著指揮官的去路，而指揮官沒有撞上她，在要碰撞之際，它及時停了下來。

指揮官沒有和關銀鈴硬碰硬，變成刀刃的雙手架在身前，仔細打量著眼前的對手。

「前輩，快去看冰雪女王怎麼了！」

關銀鈴主動出擊，身體往前撲出，而指揮官仍然不和她硬碰硬，雖然動作不及關銀鈴迅速，但總是以毫釐之差避開她的攻擊。

許筱瑩沒有錯過這個機會，連忙跑到冰雪女王的身邊扶起她。

「喂！妳有聽到嗎？」

沒有任何反應。冰雪女王身上雖然沒有明顯傷痕，但她完全不醒人事，癱軟地倒在許筱瑩的懷中。

事情很不對勁。

「功夫少女，立即打倒它！」

許筱瑩趕忙大叫出來，關銀鈴聽到了，心頭一急，趕緊加快速度，指揮官終於閃避不及，右臂被結結實實地打中。

不過，指揮官沒有因此被打倒。

在右臂被擊中的一剎那，指揮官就像是脫尾逃生的壁虎一般，右臂從身上當場脫落後再生。

「別想逃！」

關銀鈴沒有放過指揮官，雙腳一撐，立即追了上去，然後她瞄準指揮官的胸口，準備一口氣貫穿——

在這之前，她身上的金光消失了。

「……咦？」

指揮官沒有及時察覺到關銀鈴的變化，所以仍然往後退避；關銀鈴則因為事情發生得太突然了，加上超能力消失之後，她反而控制不了往前衝的力道，整個人被無形的力量往前拉扯。

「嗚哇哇哇！」

關銀鈴拚命想要停下來，之後她右腳一滑，狼狽地跌在地上。

指揮官終於察覺關銀鈴變回普通人，它盯著關銀鈴好一會，然後踏出腳步。

「等等！我投降！」

關銀鈴立即趴在地上，指揮官果然停了下來，並且盯著地面上的她。

「嗚，為什麼偏偏是這種時候……」

關銀鈴不甘心地說道，但見指揮官沒有乘勝追擊，她確實安心地鬆了一口氣……

但就在下一刻，指揮官雙眼的位置突然閃出一道紅光。

「……咦？」

關銀鈴以為自己看錯了，但她定神一看，馬上知道這不是錯覺。

指揮官正朝著天空舉起右臂。

——要趕快避開！

說時遲，那時快，指揮官已經揮下右臂，在千鈞一髮之際，關銀鈴及時轉過身，而刀刃就在她身邊轟然劈落。

假如她慢了一步，現在肯定已經身受重傷。

「混帳！在這邊！」

「砰砰！」兩記槍聲接連響起，子彈都打在指揮官的胸口之上，可是它們都沒有貫穿它，反而被指揮官堅硬的外殼彈走了。

之後指揮官抬起頭，把視線轉移到許筱瑩身上。

「前輩快逃！」

關銀鈴猛地跳起來，她想要抓住指揮官，可是對方已如同獵豹一般往前撲出，她一個撲空，又再倒在地上。

「……混蛋！」

指揮官的速度實在太快了，許筱瑩根本反應不及，她只能舉起肩上的長槍，單憑直覺朝著前方開槍。

「嗖——！」可惜，在開槍之前，槍管已被刀刃一刀兩斷。

「停手！」

「關銀鈴」的聲音忽然從另一邊傳來，指揮官立即在許筱瑩眼前停下來，然後轉頭看著聲音來源。

「關銀鈴」就站在那裡——頭髮變回金色，可是身上穿的並非一貫的運動服裝，而是輕飄飄的藍色長裙。

關銀鈴和許筱瑩立即認出這位「關銀鈴」是誰。

「不行！可儀妳快逃！」

關銀鈴趕忙大叫，與此同時，指揮官終於察覺到這個「關銀鈴」並非真貨，於是它丟下眼前的許筱瑩，轉而朝她撲過去。

「嗚呀！」

藍可儀驚慌地蹲下來。面對來勢洶洶的指揮官，她根本無力反抗。

「可儀！」

關銀鈴不顧一切往前直衝，可是沒有超能力的她太慢了，完全追不上力量全開的指揮官，而指揮官毫不留情，雙手的刀刃變成長槍，槍尖冰冷地直指前方。

「咕吼吼吼吼吼！！！」

忽然一聲暴喝響徹天際，緊接著大地轟然震動！三名女孩還未來得及反應，一頭巨大的身影已從旁殺來，他踏著沉重的腳步來到她們眼前，以巨大的尖角結實撞上指揮官，指揮官雖已把雙手架在身前，但對方的力量實在太猛烈了，區區兩條鐵臂根本無法擋下來，下一刻它的胸口便被狠狠貫穿。

這名突然殺出的救兵，是一頭三角龍。

「珍妮！」

一聲驚叫猝然傳來，只見布偶瑪莉從三角龍的腳邊跑出來，她一口氣來到許筱瑩身邊，用嬌小的雙手抱起許筱瑩腳邊的冰雪女王。

「妳怎麼了？有聽到姊姊的話嗎？珍妮！」

布偶瑪莉驚慌地大叫，可是冰雪女王依然沒有任何反應，布偶瑪莉幾乎急得要哭出來了。她把臉埋在冰雪女王的胸口，然後用盡全身的氣力叫道：「這是怎麼一回事啊！」嗚咽的聲音在空中迴響，可是她得不到任何回答。

◆◎◆◎◆◎◆

「你們不要太過分了！」

才不過一天，卓不凡的怒吼再一次在餐廳響起。

「昨天是這樣，今天又是這樣！你們該不會是故意的吧？如果這是故意惡整我們的節目，你馬上給我說清楚！」

「卓先生，你冷靜一點，事情當然不是這樣的……」導演畏怯地回答，但他退縮的樣子反而令卓不凡更加生氣了。

「哈！不是這樣？那麼你告訴我，這到底是怎麼一回事！昨天暴君恐龍差點受傷，今天冰雪女王就倒下了！我很想知道這到底是怎麼一回事！」

「不凡兄，你太激動了，這樣子解決不了任何問題。」

「妳以為這是誰害的啊？」卓不凡立即狠狠瞪著索妮亞：「妳號稱是NC最厲害的天才發明家，所以剛才我們都相信妳的設計，但結果呢？冰雪女王是被指揮官打傷的！妳明明說過指揮官不會戰鬥，只會逃走！」

「小女子是這樣設計的。」

「那麼妳要怎樣解釋剛才發生的事情？」

「小女子不知道。」索妮亞坦白地說：「剛才攝影機正好也沒有拍到冰雪女王遇襲的經過，所以小女子不敢說是哪裡出了問題。」

「當然是妳的設計出了問題！真是夠了，這次拍攝，我們3R要退出！」

「卓先生，請等一等！這真的是意外，我們絕對沒有惡整3R的意思！」

端木直趕忙上前勸阻，可是卓不凡不買帳，仍然狠狠地瞪起雙眼。

「你們有什麼想法，我不管，我也知道超級英雄的工作難免會發生意外，但你們以為這次用一句意外我就會乖乖接受嗎？不可能！這件事怎樣看都很有問題，要我無視這些孩子的人身安全，讓他們繼續參與拍攝，我做不到！」

「我們也很重視超級英雄們的人身安全，所以一定會好好調查這次事件！我向你保證，之後一定不會再發生任何意外！」

「你向我保證？你憑什麼向我保證？毫無根據的承諾，根本沒有意思。」

「我們會好好檢查之後的場地和器材，確保一切妥當才會繼續拍攝！如果卓先生不放心，可以一起來檢查的！」

「我沒有這種多餘的時間。恐龍，我們走。」

卓不凡憤然轉身離開，端木直一直從後追著他，他都沒有停下腳步。

就在這時，餐廳的大門打開了，讓三個人都停了下來。

「……製作人，我們繼續參加拍攝吧。」

進來的人是冰雪女王，她的出現令餐廳的氣氛變得更凝重了——她的臉色十分蒼白，本來如同小麥子一般的淺色金髮更是失去了光澤，整個人都散發著一種疲憊的氣息，要不

是布偶瑪莉在旁邊攙扶著她，她恐怕早就倒下去。

暴君恐龍見狀立即走過去扶著她，卓不凡則皺起眉頭，不悅地說：「不行，再繼續下去，你們一定會受更重的傷。」

冰雪女王冷不防這樣說道，卓不凡當場一怔，然後瞇起眼睛看著她。

「這種小意外，不可能打倒我們3R的。」

「……妳是認真的嗎？」

「製作人，你經常這樣說吧？我們3R，終有一天會打倒EXB、打倒CJ以及打倒其他事務所，成為NC的第一名。」

冰雪女王的臉色依然蒼白，嘴唇絲毫不見血色，可是雙眼卻閃爍著一種截然不同的堅定光芒。

「我一直相信這句話。」

「……我再說一次，這次的事件很不妥，繼續下去，你們一定會受重傷。」

「這正是我們3R展示實力的時候，不是嗎？」冰雪女王凜然一笑，「我才不管這是意外還是有陰謀，僅憑這種小事，休想打倒我們3R！」

冰雪女王傲然地說，卓不凡本來仍然一臉不悅，但他很快便勾起嘴角，然後不顧餐廳內禁止吸菸，二話不說拿出香菸點燃起來。

「說得好，不愧是我看中的超級英雄。」

端木直立即驚喜地說：「卓先生，你們是願意繼續參與拍攝嗎？」

「我先說清楚一件事。」

卓不凡無視端木直，他轉過身，面對餐廳裡面所有的人。

「我不相信這些只是意外，但我們是3R，是從眾多事務所之中突圍而出、憑實力得到第五名的強大事務所。所以，你們挖清耳朵，好好聽清楚了。」

卓不凡深吸一口菸，手中的香菸隨即急速燃燒，閃出火紅的光芒。

「任何陰謀詭計，都不可能打倒我們！」

第六章

為什麼會在這種時候挪開鏡頭？

夜幕低垂，明星遊樂園依然燈火通明。

餐廳的騷動已經落幕，卓不凡最後的話一度令事務所之間的氣氛變得緊張，但也令事務所之間的士氣變得高漲。

「超級英雄，不可能被陰謀詭計打倒。」

雖然未能證實兩天以來的意外都是有人故意造成，不過卓不凡這句話就像是一劑強心針，強而有力地打在眾人心頭之上。

「不凡兄雖然經常一副不可一世的討打臉孔，不過他這一次說得真好呢，小女子真心拜服。」

「我也有同感。」胡靜蘭微笑點頭，「雖然他和諾天經常針鋒相對，不過他也是用實力當上3R的執行製作人，是一個值得尊敬的對手。」

「假如他願意改變一下髮型，小女子也許會迷上他呢。」

索妮亞嫣然一笑，之後她脫下鐵甲手套，仰起頭吁出一口氣。胡靜蘭不禁望向索妮亞的雙手，她的雙手和身上其他肌膚不同，不只傷痕纍纍，右手掌心還有一處嚴重燒傷的痕跡，看著就令人覺得心痛。

「妳始終不願意去做整形手術呢。」

「這種事情太花時間了。」索妮亞揮著手，笑著說：「而且疼痛會令小女子腦袋保持

清楚，小女子很喜歡。」

「適當的休息是很重要的。」

「小女子當然知道，但要做的東西還是要做。」

索妮亞拿起身邊的毛巾，接著再拿起放在旁邊的啤酒，喝了一口之後，她馬上滿足地笑出來。

「靜蘭妳先去睡吧，今晚小女子恐怕要通宵檢查。」

索妮亞環視整齊排放在身邊的機器人，它們幾乎占據了整片草原，假如是其他人，面對如此繁重的工作量早就舉手投降，但索妮亞仍然一臉笑容，似乎不把它們放在眼裡。

「說到這件事……」胡靜蘭放輕了聲音，「我從來沒見過妳的發明品出任何差錯。」

「這是當然的，小女子的發明品就是他們的『超能力』，萬一出錯了，絕對不是簡單一句意外就可以了事。」

「但我旗下的功夫少女說，那個紫色的指揮官不只是因為比賽而攻擊她們，當她伏在地上投降的時候，它仍然繼續做出攻擊。」

胡靜蘭並非在責怪索妮亞，而是在問她意見，索妮亞聞言，輕輕用手指點著嘴唇。

「這件事的確很奇怪……坦白說，初步的檢查已經完成了，一如小女子所料，這些孩子都沒有任何問題。」

索妮亞打開其中一個機器人的胸口，露出藏在裡面的電子晶片。

「所以程式設定和小女子解釋給你們聽的情報一模一樣，僅存下來的指揮官，電子晶片也找不出任何異常。」

「那麼，是個別事件嗎？」

「小女子不喜歡這種說法。」索妮亞悄然嘆一口氣，「但照目前的情況來看，的確是個別事件。」

「卓不凡聽到了，肯定會很生氣。」

「無論小女子有何解釋，不凡兄都不可能氣消呢。」

索妮亞聳一聳肩，接著她低下頭，若有所思地盯著電子晶片。

「不過……小女子雖然對自己的設計充滿信心，但這一次為了滿足ＮＣ電視臺的要求，在設計上倒是有一個缺憾。」

「缺憾？」

「一般情況下，其實不算是缺憾。」索妮亞噘著嘴，似乎有點不甘心：「天劍他們的戰鬥裝甲，基於安全的考量，全部都是獨立的電腦系統。」

胡靜蘭立即猜到索妮亞所說的「缺憾」是什麼。

「這些機器人的系統並非獨立的，對嗎？」

索妮亞的嘴巴噘得更高了，「就是這樣。因為要共享資訊，所以它們的中樞系統某種程度上是連接在一起的。」

「假如有人入侵到這個共享區域，他便有可能順勢侵入其他系統。」

「理論上是這樣，不過小女子必須澄清，雖然為了建設共享區域而稍微降低系統的保全設計，但小女子並沒有因此怠慢防駭的工作，要瞞過小女子雙眼入侵它們的系統，普通人絕對做不到。」

「如果對方不是普通人呢？」

胡靜蘭忽然感到不安，索妮亞隨即瞇起雙眼望著她。

「小女子認識一個人，如果是他，的確有可能做到這種事。」

「……他不會這樣做的。」

胡靜蘭悄然握起拳頭，筆直地回望索妮亞。

兩人都沉默不語，似乎想要從對方的臉上找到蛛絲馬跡，接著一陣晚風適時吹來，輕輕拂過她們。

晚風遠去之後，索妮亞率先打破沉默。

「的確是這樣呢。」索妮亞抓起啤酒，馬上喝了一口，「先不說他是否有能力做到，這樣做對他根本沒有任何好處，所以不可能是他。」

胡靜蘭立刻鬆一口氣，但同時另一個疑問湧上心頭。

「既然如此……還有誰可以做到這種事？」

「小女子不知道，但有一件事，小女子覺得好奇怪。」索妮亞壓低聲音說：「攝影機真的是剛好沒有拍到冰雪女王遇襲的情況嗎？」

胡靜蘭聽到這句話，沒有顯得太吃驚，只是默默看著索妮亞。

「攝影機不可能全程跟著所有超級英雄，這是理所當然的事情。不過在競賽開始之前，小女子就把機器人的全部資料和監控程式交給導演，他肯定知道所有機器人的所在位置，也會知道它們有否遇到超級英雄。」

「這樣的話……假如指揮官遇到超級英雄，導演也會知道。」

「如果小女子是導演，肯定會第一時間讓攝影機拍攝當時的情況。」

二人都沒有再說下去，她們只是互看對方一眼，之後索妮亞戴回手套，走到剩下來的黃色指揮官身邊。

「妳們要小心一點。」索妮亞輕聲地說：「雖然小女子想不到電視臺要對妳們不利的原因，但導演有古怪，這是肯定的。」

「嗯。」

「明天小女子會仔細地留意他，要是他敢做出任何奇怪的舉動，小女子一定會立即阻止的。」

「拜託妳了。」

「舉手之勞，不足掛齒。」

索妮亞笑著說：「而且小女子也許太自以為是了，竟然在妳面前說這樣的話，實在是不自量力。」

「……不，沒有這種事。」

胡靜蘭忽然臉色一沉，索妮亞不禁一愣，然後眨了眨眼。

「這只是小女子的猜測，難不成……妳還未康復嗎？」

胡靜蘭馬上低頭看著自己的雙腿。

「嗯……」

「原來如此……那麼，讓小女子再說一些自以為是的話吧。」

索妮亞放下手邊的機器人，慢慢走到胡靜蘭身前。

「即使是超級英雄，也會有傷心沮喪的時候。我家的天劍雖然以陽光男孩的形象示人，但他偶爾也會鬧情緒，窩在房間裡面不肯走出來。不過，即使再落寞難過，他最後還是穿上戰鬥裝甲，帶給人們希望和勇氣。」

「……所以大家都喜歡他。」

「靜蘭，不要再逃避了。」

索妮亞脫下手套，輕輕握起胡靜蘭的雙手。

滿布傷痕的雙手不只粗糙，更像火燒一般炙熱，不過胡靜蘭沒有甩開她，反而像抓緊救命的稻草一樣緊緊握著。

「我知道的，只是……」

「妳不用說出來的。」

索妮亞搖了搖頭，同時收回雙手，胡靜蘭隨即抬起頭，若有所失地看著她。

「小女子沒有辦法幫助妳，只能夠裝模作樣說一些大家都知道的大道理，而且……」

索妮亞戴回手套，這一次，她沒有望向胡靜蘭。

「其他人都幫不了妳，只有妳可以幫助自己。」

索妮亞回到機器人堆當中，埋首進行檢查。

又一陣晚風吹來，胡靜蘭忽然覺得很冷，不禁打了一個哆嗦，之後她在不打擾索妮亞之下，默默轉身離開。

「今天將會進行第三個競賽，是迷宮大亂走！」

拍攝來到第四天。

前一天發生了受傷事件，所以ＮＣ電視臺曾經擔心過３Ｒ會離開，但３Ｒ非但沒有這樣做，三名超級英雄更是精神奕奕來到拍攝場地，其中冰雪女王明顯細心打扮過，展現出四天以來最美麗的一面。

看到她這個樣子，不只是ＮＣ電視臺，其他事務所都被她的氣勢薰染，沒有一個人再介懷昨天發生的事情。

「這次的競賽場地就是古墓地圖！」

端木直似乎是要盡力把剩餘的陰鬱氣息統統趕走，所以他現在幾乎是用盡渾身解數，向在場所有人傾力介紹競賽。

「競賽開始的時候，你們十五名超級英雄將會在十五個不同的地點出發，而你們的目標只有一個，就是到達古墓地圖的中心巴比倫塔！」

螢幕馬上顯示出一座高聳入雲的石造建築物，由於它實在太巨大了，所以攝影機只能拍到它的底部，不能拍下它的全貌。

「在巴比倫塔的底部、中間以及頂部分別藏著一顆寶珠，拿到它，你們就會得到相應的分數！不過你們只可以拿取其中一顆，例如你們拿了收藏在底部的寶珠，得到它的分數

之後，你們便不可以再拿另一顆寶珠！」

「不用我解釋，大家肯定都猜到了，底部的寶珠是最低分的，只有二十分，中間的寶珠有四十分，頂部的寶珠則有六十分！只要拿到這顆最高分的寶珠，要反敗為勝絕對不是夢！當然，不只是在迷宮各處，在塔裡也有各式各樣的挑戰等著大家，越高的地方，當中的挑戰便越困難！要穩妥取得二十分，抑或冒險一搏取得六十分，全看大家的決定！」

端木直說完之後，工作人員便把一部巨大的抽號機推到眾人面前。

「但要進入巴比倫塔，大家必須符合兩個條件！現在大家要從這裡抽取一個號碼，這是大家起步的位置，之後我們會把相應的號碼牌分發給大家。這個號碼牌是參加者的證明，也是入塔的第一個條件，假如大家不慎弄丟了，便要回來拿取後備的號碼牌，才可以繼續參賽！」

端木直邀請3R的三位超級英雄率先抽號碼，冰雪女王馬上昂首踏出腳步，跟著是暴君恐龍和布偶瑪莉。

緊接著他們的是TTT，之後順次序是LC、HT和Halloween。

「大家都拿到號碼牌了嗎？那麼來看看自己的起步位置吧！」

螢幕上立即顯示出古墓地圖的平面圖，其上標示著十五個號碼。

「這十五個地方，就是大家各自的起點！請好好記住這個地圖，因為進入巴比倫塔的

第二個條件，就是要事務所全員一起進入！」

「我有問題！」殭屍少女舉起右手，「我們可以在塔底集合，然後再一起進去嗎？」

「可以！你們可以各自前往塔底，然後再一起進去，又或先行在其他地方集合，然後再一起朝巴比倫塔進發，悉隨尊便！」

「還有一個問題！」殭屍少女緊接著說：「如果我們要先去找同伴，但在途中見到其他事務所的人，我們可以做什麼？」

「兩雄相遇，少不了一番激戰！」

端木直興奮地大叫出來，但一對上卓不凡的眼睛，他趕忙補充一句：「當然，比賽第二，友誼第一，大家切磋切磋，謹記點到即止！」

之後端木直再交代了一些關於競賽的細節，例如有哪些地方較為危險，要超級英雄們小心留意，也提供了一些難行的捷徑，讓有信心的超級英雄去挑戰。

接著，是五間事務所各自擬定戰術的時間。

「嗚……我是三號……」

藍可儀緊張得顫抖起來，關銀鈴馬上握起她的手。

「不用擔心啦！妳看，我是五號，馬上就可以來找妳呢！」

關銀鈴說得沒錯，她所在的五號位置，和藍可儀的三號位置很接近，直線距離只有短短五百米。

「前輩妳在哪裡？」

「九號。」許筱瑩稍微皺起眉頭，「距離有點遠，如果要去找妳們，很可能會遇上其他事務所的人……」

「那麼我去找可儀，和她一起前往塔底，之後在那邊和前輩集合？」

「就這樣吧，就距離來看，我直接去塔底會比較快——」

「不，妳們先集合吧。」

胡靜蘭忽然提出異議，然後指著地圖上三號和九號之間的中間地帶。如果要在塔底以外的地方集合，那裡的確是一個好位置。

「這樣子太花時間了。」許筱瑩不太認同，「如果我們在塔底集合，分頭一直往前走就可以了，但要在這裡集合，我們便要繞遠路。」

許筱瑩說得有理，胡靜蘭卻輕輕搖頭。

「妳在這條路一直走，很容易遇上其他事務所的人，如果被他們打掉號碼牌，妳要先回來一趟，這樣子會更花時間。」

「但我要來到這裡，也可能會遇到其他事務所的人……不，確切的說更有可能會遇上他們──」

「總之，妳們先在這裡集合。」

胡靜蘭毅然打斷許筱瑩的話，許筱瑩當場一愣，然後筆直地望著胡靜蘭。

「……靜蘭姐，妳在擔心什麼事情嗎？」

「也許是我多慮了，但我希望妳們能夠一起行動，另外，盡可能避免戰鬥。」

胡靜蘭間接承認了許筱瑩的猜測，許筱瑩立即想要追問，但是在這之前，關銀鈴卻搶先回答：「好的！我們就在這裡集合吧！」

「等等，妳──」

「靜蘭姐會這樣提議，一定有她的原因，我相信她。」

關銀鈴笑著說道，許筱瑩固然吃驚，但最驚訝的人肯定是胡靜蘭。

「原來妳不相信我嗎？」

昔日的記憶霍地湧上心頭，胡靜蘭連忙握緊拳頭，拚命讓自己冷靜下來，將那份回憶給強壓下去。

「……銀鈴，多謝妳。」

「靜蘭姐不要這樣說啦！」關銀鈴笑著揮手，「那麼按照剛剛妳說的計畫，我先去接可儀，然後就在這裡和前輩集合吧！」

許筱瑩還是不太滿意這個決定，但她看著關銀鈴，再轉頭看著胡靜蘭，最後只能嘆一口氣。

「嘖，就這樣做吧。」

——肯定有事情發生了。

許筱瑩在心中如此斷言，同時她的心情更加鬱悶了。

關銀鈴其實也察覺到胡靜蘭有所憂慮，而她自己也隱約感覺到這次拍攝瀰漫著一股不尋常的惡意。

然而，她還是決定把這些事情暫時拋諸腦後，盡全力做好本分。

「任何陰謀詭計，都不可能打倒我們！」

卓不凡在和游諾天互動的時候總是處於下風，所以關銀鈴不自覺地以為對方沒什麼了不起，但聽到這句話之後，關銀鈴覺得他實在說得太正確了！

——超級英雄可以打倒一切陰謀詭計，因為邪不能勝正！

「喝呀！」

就像要為自己加油打氣，關銀鈴猛地大叫出來，同時她加快速度，朝著藍可儀所在的三號地點跑過去。

「千面！我來了！」

「嗚哇！」

一見到藍可儀躲在樹後的身影，關銀鈴一話不說撲上去，藍可儀當場大吃一驚，然後才安心地吁一口氣。

「我們馬上去找前輩吧！」

「……嗯！」

要前往胡靜蘭指示的集合地點，二人必須先繞遠路，穿過鄰近的一、二號地點。由於抽籤的結果沒有公開，所以關銀鈴不知道誰會待在那邊，如果是Halloween一行人，也許大家會互相讓路，但假如是其他人呢？那就要看對方的態度了。

幸好的是，古墓地圖是一個模仿亞熱帶森林而建造的遊樂設施，區內有不少高大的樹木，只要小心一點，要避人耳目並非難事。

二人安全通過了一號地點，沒有遇上任何人，藍可儀不禁鬆一口氣，關銀鈴察覺到了，立即轉頭給她一個微笑。

「可儀妳不用太擔心啦！我會好好保護妳的！」

「嗯，不過……」藍可儀在胸前交握雙手，壓低聲音說：「小鈴妳不覺得奇怪嗎？」

「妳是指？」

「這次的拍攝，意外好像太多了……」

「老實說，我也有這種感覺。」關銀鈴直接承認，「不過我們是超級英雄，即使再擔心害怕，也不可以裹足不前啦！」

「嗯……」

「所以妳真的不用太擔心啦！而且妳昨天也很英勇呀，變成我的樣子引開指揮官，連我都被嚇到了！」

「嗚……因為當時情況好危急……」

「也就是說，在危急的關頭，妳也是很可靠的！」

「不是啦……」

藍可儀害羞得不知所措，關銀鈴差點忍不住又撲上去，但就在這時，一個豪爽的聲音在前方響起了。

「哈哈哈！竟然在這裡見到妳，真的太好了！說起來，我還沒給妳簽名呢！」

關銀鈴趕忙把藍可儀護在身後，不過她也忍不住揚起嘴角，笑著大聲回答：「原來你還記得嗎？今晚記得給我呀！」

「沒問題！不過在這之前，我們好像有事情要做呢？」

高大的身影慢慢走近二人，然後在距離她們十米的前方停下來。

這名男子，正是3R的暴君恐龍。

「真的可以嗎？」關銀鈴笑著說：「不是我自誇，我其實很強呀！」

「我當然知道！自從上次之後，我就一直想再見到妳！兩天前的比試，我再一次肯定妳真的好強！我是第一次見到這麼強大的女孩！」

被人如此盛讚，關銀鈴高興得要飛上天了，要不是現在還在比賽當中，她肯定早就捧著臉頰，害羞地蹲在地上。

「所以，我們來一決高下吧！如果我勝了，妳就和我交往吧！」

「好！……等、等一等！」

暴君恐龍想要對決的意圖實在太明顯，所以當他一提出比試，關銀鈴很自然地馬上答應，不過她猝然察覺到對方好像說了一句相當不得了的話。

「你你你你剛才說了什麼！」

「我們來比試吧！」

「不是這一句，是下一句！」

「如果我勝了，妳就和我交往吧！」

關銀鈴當場臉頰漲紅，「就是這一句！為什麼會變成這樣呀！」

「因為我喜歡強大的女孩子！」

「不行不行不行！交往是要以互相喜歡為前提的！我只知道你身為超級英雄的一切，但我根本不認識你呀！不可能和你交往！」

「交往之後妳就可以慢慢認識我了！抑或說妳要投降？這樣就是不戰而敗，也要和我交往！」

「就說不行了！在交往之前，至少要當朋友呀！」

「好吧！那我妥協，如果我勝了，妳就和我約會吧！」

「如果是我勝了呢？」

「那麼我就陪妳約會！」

「結果不是一樣嗎！」關銀鈴的臉蛋通紅得幾乎要爆炸了，「好吧！如果你勝了，我就和你約會！但如果我勝了，我要３Ｒ下次表演的特等席！要三個！我、千面、前輩！不不不，五個！我、千面、前輩、靜蘭姐以及製作人！呀不！追加一個，我媽媽！」

「一言為定！」

暴君恐龍大喝一聲，霍地脫掉上半身的背心，露出一身雄渾的肌肉。

「那麼，妳準備好了嗎？」

「等一等！先讓千面走到安全的地方！」

關銀鈴大叫之後，便轉頭對藍可儀說：「可儀，妳先到另一邊等我，我打倒他之後就去找前輩。」

「等等！靜蘭姐說……我們要盡量避免戰鬥……」

「我記得，但他現在不可能讓我們無條件通過呢。」

關銀鈴望向暴君恐龍，他沒有立即變身，只是抱起雙臂，傲然地看著她們。

「不過……」

「放心，只是切磋切磋啦。」

關銀鈴輕輕握著藍可儀的手，笑了一笑。

「而且坦白說，我很想和他比試一下呢。」

「小鈴……」

「之後我們一起去３Ｒ的演唱會吧！他們的表演真的好厲害呀！」

藍可儀似乎還想要阻止，但在這之前，關銀鈴率先脫掉運動外套，並把它塞到藍可儀手中。

「替我拿一下。」

關銀鈴說完這句話之後便轉過身，堅定地踏出一步。

「讓你久等了！」

「真的等好久了！現在可以了嗎？」

「可以了！為表敬意，你先出手吧！」

「不！我的原則是女士優先！」

「我不喜歡這種男女差別！要認真對決，就要堂堂正正、公公平平！」

「很好！不愧是我喜歡的女孩子！既然這樣……」

暴君恐龍不再多說，慢慢把上半身往前傾出，雄渾的肌肉逐漸膨脹。關銀鈴看著他這個樣子，沒有恐懼，反而喜上心頭。

然後，金光自腳底開始，緩緩包圍她的全身。

超人和恐龍，超越人力的對決，即將開始。

「我來了！」

二人異口同聲大叫出來，緊接著暴君恐龍化身成恐爪龍，率先往前撲出！

就在這時，一個黑色的物體破風而來，暴君恐龍因為把全副心神放在關銀鈴身上，所以沒有察覺到這個不速之客。

但關銀鈴察覺到了。

那是只有拳頭大小的東西，以暴君恐龍的體型來看，即使被打中也不會受到重傷，不過關銀鈴看到那東西泛著暗紅的光芒，就像是一個馬上要爆炸的炸彈——

「小心！」

關銀鈴趕忙繞到暴君恐龍的身邊，暴君恐龍此刻還以為這是關銀鈴的攻擊，所以立即扭身避開，然後當他張嘴反擊之際，他終於見到這個黑色物體。

「轟！」黑色物體結實地打在關銀鈴身上後，隨即在她的胸口炸裂！

「功夫少女！」

「我沒事！」

灰色的煙霧瞬間吞沒了關銀鈴，身上的運動背心也被炸得破爛，不過關銀鈴只是染上了一點煙灰，沒有受到任何傷害。

「是誰！」

見關銀鈴安然無恙，暴君恐龍不禁鬆一口氣，但他沒有怠慢，馬上繞到關銀鈴身前，然後張開血盆大口，厲聲對著前方威嚇。

接著，回應他的不是任何話語或現身的人影，而是另一記黑色炸彈！

「轟！」關銀鈴和暴君恐龍都及時避開了這記攻擊——同一時間，關銀鈴認出這是誰的超能力。

把炸彈從遠處丟過來的驚人臂力，是黑石鐵球的力量。

而把黑色的石頭變成炸彈的，肯定是爆靈的超能力。

「爆靈前輩！是妳嗎？」

關銀鈴對著炸彈的來源奮力大叫，見對方沒有回應，她馬上丟下身邊的暴君恐龍，一口氣往前直衝。

「功夫少女，等一等！這是陷阱！」

暴君恐龍趕忙追上去，而關銀鈴當然知道這是陷阱了，但她實在不願意承認眼前的事實，所以她想要親眼確認。

也許這並非黑石鐵球和爆靈的超能力，而是NC電視臺設置的機關，又或者是不知名的入侵者偷偷潛進來，然後假扮二人襲擊他們。

關銀鈴抱著一絲希望，馬上追到了一號和十號地區的中間——也就是她們原本約好和許筱瑩集合的地方。

許筱瑩已經來到了，但眼前不只有她一人。

「……為什麼？」

黑石鐵球、花螳螂以及爆靈都在這裡。

許筱瑩就倒在爆靈的腳邊，一動也不動。

「……爆靈前輩，你們為什麼會在這裡？」

在關銀鈴發問之際，暴君恐龍也趕到了，一見到眼前的景象，馬上把關銀鈴擋在他的身後。

「小心，這些傢伙——」

暴君恐龍的話還未說完，花螳螂便快速往前撲出，刀刃般的雙手毫不留情，就像要把眼前的事物一刀兩斷，狠狠地劈下去。

這個時候，關銀鈴看到了。

花螳螂的雙眼直盯著前方，乍看之下就是在盯著他們。

然而，他的眼神根本沒有對焦，只是茫然地看著前方。

◆◎◆◎◆◎◆

「我相信她。」

關銀鈴的話言猶在耳，這是一句令人欣慰的話語，可惜在此時此刻，胡靜蘭卻高興不起來。

胡靜蘭回想起來，關銀鈴其實一直都相信她，無論是加入ＨＴ之後，抑或是加入ＨＴ之前。

她卻一直在欺騙這名後輩。

——我到底在做什麼？

胡靜蘭差點就要嘆出氣來，不過這裡是拍攝現場，如果突然嘆氣，似乎不太妥當，所以她只好極力忍耐。

「給我等一等。」

忽然一句話把她拉回現實，抬頭一看，便見到卓不凡站在導演跟前，不悅地指著螢幕。

「為什麼會在這種時候挪開鏡頭？」

「我們不可以一直拍著暴君恐龍，不然對其他人太不公平了！請你等一等吧，之後我們一定會把鏡頭轉回去的！」

胡靜蘭剛才心神不寧，所以沒有留意比賽的情況，更別說拍攝的鏡頭了，乍聽之下卓不凡是在抱怨自家的超級英雄沒被關注，不過胡靜蘭仔細一想，覺得事情並非如此簡單。

卓不凡果然接著說：「你以為我是第一次參與電視臺的拍攝嗎？要怎樣炒熱氣氛，我比你更加清楚！暴君恐龍遇上功夫少女，雖然她是一個只會向前衝的笨蛋，但她的力量的確比得上暴君恐龍，二人戰鬥一定會很精采，而你竟然在這種時候挪開鏡頭？你是第一次

當導演嗎？」

「卓先生，你說得有點過分了！」端木直立即跑上前說：「我們當然會拍兩位激戰的場面，不過稍微製造懸念，可以勾起大家的胃口！請相信我們的專業判斷吧！」

「我前兩天就是相信你們，但結果呢？」卓不凡冷冷地說：「馬上給我看那邊的情況，除非……那邊有什麼不可告人的東西！」

「怎麼會！但是——」

「導演，你就把鏡頭轉回去吧。」索妮亞也插嘴了：「小女子也覺得暴君恐龍和功夫少女的戰鬥會很有趣，觀眾也應該想看呢。」

導演當場面有難色，不過他終於點頭答應。

「好吧，我現在就轉回去。」

「導演！」

端木直馬上想要阻止，導演搶先舉起手說：「如果可以令他們安心，就這樣做吧。」

導演馬上操作鍵盤，控制在空中盤旋的攝影機追上暴君恐龍。所有人都屏息靜氣，默默地盯著螢幕。

果然如端木直所說，鏡頭前方沒有任何不可告人的秘密——不對！

「這是——！」

胡靜蘭駭然驚叫一聲，但她未說下去，一個槍口——不，不只是一個，在場共有十二人，NC電視臺占七人，其餘五人分別是卓不凡、索妮亞、占卜師、甘樂書以及胡靜蘭，而現在竟然有七個槍口對準他們。

「本來打算打倒暴君恐龍和功夫少女後才讓你們看到的……算了，反正遲早要給你們看，只是提早一點而已。」

「你……」

「放心，我會向你們好好解釋的，但在這之前，先讓我再一次自我介紹吧。」

導演笑著從椅子上站起來，之後他露出和粗獷的表情完全不合襯的甜美笑容說：「我叫周卓珊，請多多指教。」

◆◎◆◎◆◎◆

「資料庫裡面，果然沒有人的超能力和你一樣。」

意料之中的答案，所以游諾天沒有特別的反應，只是抬起眼睛，隨便給了卡迪雅一聲回應。

「你調查得怎麼樣？」

「依然沒有任何異常。」

游諾天如常回答，卡迪雅隨即聳了聳肩，然後在他對面，也就是赤月的身邊坐了下來。

「赤月妹妹將來肯定是一個賢淑的妻子呢，明明已經沒有用了，但仍然一直待在這裡默默守候。」

「我是要監視妳，不讓妳假公濟私。」

「原來是容易吃醋的妻子。」

赤月馬上瞪了卡迪雅一眼，然後不甘示弱地說：「像我這樣的小人物，當然只能夠默默守候在同伴的身邊，就不知道鼎鼎大名的卡迪雅大人，除了色誘男性之外，還懂得做什麼呢？」

「這個嘛……」卡迪雅點著下巴，笑了一笑，「一些簡單的猜測？」

卡迪雅說得輕描淡寫，雙眼卻霍然閃出一抹妖豔的光芒，游諾天注意到了，他沒有驚慌，只是平靜地回望她。

「妳想說什麼？」

「也許我真的上年紀了，竟然忘記了一件重要的事情。」

卡迪雅說這句話的時候，赤月悄聲說了一句「才不是也許」，卡迪雅裝作沒聽見，繼續說下去。

「雖然沒有人的超能力和你一樣，但世上倒是有一個人，可以做到你超能力所及的一切事情。」

「我不知道妳在說什麼。」

「如果你真的不知道，我會很失望喔。」卡迪雅的嘴角勾得更高了，「畢竟你其中一個賣點就是長情呢。」

游諾天怎麼會不知道卡迪雅在說什麼，而且他早就知道卡迪雅遲早會猜出來——不過就如她所說，這只是猜測。

無論是他自己，抑或是卡迪雅，都是在猜測。

「在來這裡以前，我就問過你一個問題，現在我要再問一次。」

卡迪雅雙眸盯著游諾天，如同緊咬獵物的毒蛇。

「你有什麼事情瞞著我嗎？」

這不是疑問，而是一個肯定。即使卡迪雅還未找到證據，但假如游諾天決定隱瞞，她鐵定會追問到底。

——要和卡迪雅對抗嗎？

——抑或向她坦白，尋求她的協助？

游諾天沒有苦惱，馬上做出決定——因為從三年前開始，他早就決定了。

「沒有。」

並非要和卡迪雅對抗。游諾天清楚知道，和身為英管局外交部部長的卡迪雅抗衡無疑是以卵擊石，假如她決定要狠，馬上就可以勒令HT結束營業。

但在這件事上，游諾天絕對不會找其他人幫忙。

無論是赤月、胡靜蘭，抑或是他的親大哥游傲天，游諾天都絕對不會向他們求救。

因為這是他必須背負的「罪」。

聽到這個回答，卡迪雅很不高興，她難得在游諾天面前板起臉孔，之後她身體靠後，環抱雙臂。

「既然你這樣說，我就要用我自己的方法來調查了喔？」

「這本來就是英管局的事情，妳要用什麼方法，我管不著。」

「這樣啊……好吧，我就用我的方法。」

卡迪雅霍地抓住赤月的手腕，赤月當然大吃一驚，而游諾天看似鎮定，但其實也產生動搖了。

「既然你不想說，我就問赤月妹妹吧。」

卡迪雅加強手的力道，赤月馬上痛得低叫出來，游諾天再也忍不住，壓低聲音說：「放開她，她什麼都不知道。」

「也許吧？我不在乎。」卡迪雅冷冷地說：「但你真的不管赤月妹妹的生死嗎？你不是這樣的男人吧？」

卡迪雅的右手猶如手銬一般緊緊抓住赤月，任憑赤月再掙扎都掙不開，不過赤月沒有再叫出來，她咬緊牙關，拚命忍住。

「妳——」

「呆木頭，不用擔心我。」

赤月忽然開口了，她仍然一臉痛苦，不過緊接著說：「我不是無人認識的小人物，是《英雄 Future》的赤月，假如我失蹤了，肯定會引起眾人注意，之後你把我的事情告訴總編就可以了。」

「妳說得沒錯，但我大可以用英管局部長的權力拘留妳至少三天。妳認為妳可以捱得過三天嗎？」

不同於之前的針鋒相對，現在卡迪雅是認真的，所以赤月不敢胡亂反諷，只是狠狠瞪起雙眼。

「總之，你不用理我，你就像以前一樣，照自己的方法——」

赤月話未說完，忽然一個短促的電子聲音打斷她的話，在場所有人立即皺起眉頭，然後同時看著聲音來源——游諾天的手機。

在這種劍拔弩張的氣氛之下，當然不是查看手機的時候，不過當游諾天看到寄信人的名稱和簡訊的內容，忍不住就一把抓起手機。

寄信人是藍可儀。

簡訊的內容就只有短短的一句話：「製作人，救命！」

第七章

妳一定做得到

「你們應該都一頭霧水，搞不清楚到底發生了什麼事情吧？我該從哪裡開始說起呢……」

在控制室，NC電視臺的人占據了大門前的空間，五名執行製作人則被趕到房間的內側。他們都沒有被綑綁，不過沒有人敢隨便行動，因為槍口就在眼前，即使可以僥倖避開第一擊，他們都沒有信心可以避過其餘六個槍口。

「首先，你們一定不明白我為什麼會自稱是周卓珊吧？」

導演又再一笑，而這一次大家都看清楚了，雖然他是在笑，可是雙眼無神，就像一具沒有靈魂的木偶。

「我不是在開玩笑，而是認真的，如果你們真的以為我是這個外表故作嚴肅，但內心裡其實是一個色鬼的大叔，我會很傷心的。」

「卓珊，妳說得太多了。」

端木直忽然打斷她的話，導演立即轉過頭來，無神地瞪起雙眼。

「我是要讓他們理解現在的狀況啊。」

「現在計畫有變，不可以說太多無謂的話。」

端木直彷彿變了一個人，不過他和導演不同——正確來說，他和NC電視臺其餘六個人都不同，他的語氣和態度變得冷靜多了，但雙眼依然有神，是一個活生生有著自己意志的人類。

所以，胡靜蘭決定問他：「端木先生，這到底是怎麼一回事？難道所謂電視臺的新節目，就只是一個騙局嗎？」

「當然不是！」端木直陡然大叫：「我是真心認為你們很有趣，所以才會向上面提議邀請你們的！」

「但現在的情況，明顯不是節目的環節，對嗎？」

「不，妳說錯了，這正是節目的環節。」端木直笑著說：「而且是最重要的環節。」

「……我必須要說，我不明白。」

「也許妳不會相信，但我其實很喜歡超級英雄，尤其是十年前超級英雄還未正名，NC各處都有超能力罪犯的時候。」

端木直一臉陶醉，之後失望地嘆一口氣。

「所以你們不覺得近來超級英雄都太無聊了嗎？沒錯，大家的表現都很精采，而且NC也因為大家的努力變得和平，但這實在太無聊了！英雄之石給你們力量，不應該只是做這些特技表演！要看特技表演，以前的3D電影也做得到，我要看的是更加真實、更加毫無保留的對決！」

「就因為這種無聊的想法，所以你才會引誘我們來嗎？」卓不凡憤恨地說。

「無聊？你怎麼可以這樣說啊！卓先生你是很厲害的製作人，3R每次表演都很精采，但你們真的就甘心做這些娛樂節目嗎？不可能吧！你們明明有暴君恐龍和冰雪女王等強大的超級英雄，一定會有更適合你們的舞臺！」

「所以我就說——」

「砰！」卓不凡的話被一記槍聲倏地打斷，子彈就在他的耳邊驚險掠過，劃出一道細小的血痕。

「阿直，你才是說得太多了。」

導演手上的槍口冒著白煙，端木直轉頭一看，似乎不太高興，但也只是聳了聳肩。

「不過你說得沒錯，現在的超級英雄真的太無聊了。」導演——周卓珊說：「什麼愛與正義，什麼勇氣與希望，你們以為現在是什麼年代啊？這種老掉牙的想法，只是自我陶醉的妄想。我們擁有的超能力才不是這麼美好的東西。」

「妳說『我們』。」索妮亞說：「意思是妳和端木先生不是以個人的身分做這種事，我說的對嗎？」

「妳說得沒錯。」導演的臉上又再度掛上笑容：「我和阿直都是ＳＶＴ的人。」

ＳＶＴ。

在場五名製作人，連同胡靜蘭在內，共有三個人從來沒聽過這名字，所以他們都疑惑

地看著導演，索妮亞和占卜師卻似乎早就知道了，二人都瞇起雙眼，默默地等著周卓珊說下去。

「SVT，即是Super Villain Team，我們的目標就是你們超級英雄，以及整個超級英雄業界。」

「……你們想做什麼？」

胡靜蘭握緊拳頭，導演看到了，馬上一聲冷笑。

「在以前的超級英雄電影，反派會做什麼呢？去探望小朋友，抑或是和三五知己一起飲酒？不是吧？我們要做的只有一件事，那就是——」

「有一人不見了。」

爆靈的聲音突然從通訊器傳來，胡靜蘭當場一怔，導演則挑起眉頭。

「誰不見了？」導演問道。

「是HT的千面。」

——是藍可儀。

聽到這個消息，胡靜蘭不禁鬆一口氣——但在下一刻，她馬上僵在原地。

導演迅速走到胡靜蘭的眼前，然後把槍口抵住她的前額之上，對著廣播器說話。

「場內的超級英雄，聽好了，比賽已經結束！我重複一次，比賽已經結束！」

沒有任何人回答，但場內一片寂靜，周卓珊對此感到滿意，接著說下去：「你們的製作人在我們手上，只要我們不高興，馬上就會殺掉他們，不想這種事情發生，給我到十號地點集合。」

導演一邊說，一邊用力壓下右手。

「尤其是ＨＴ的千面。我知道妳就在附近，現在我的槍口就抵在妳們那位漂亮的大姐姐頭上，如果三分鐘之內我見不到妳，我馬上要她頭頂開花。對了，你們也許會不相信我的話吧？我就讓你們好好看清楚。」

導演的視線望向端木直，端木直立即敲擊著鍵盤，把控制室的情況連接到場內的螢幕之上。

這一次，所有超級英雄都忍不住驚呼出來。

「好了，你們只有三分鐘，馬上給我滾過來！」

周卓珊大喝一聲，超級英雄們趕忙往十號地點跑過去，幾乎所有人都到齊了，但藍可儀仍然不見身影，所以周卓珊再次壓下右手，不太高興地說：「千面妹妹，看來妳很想收到用大姐姐的血做的花朵呢！」

「千面，妳不用管我——嗚！」

胡靜蘭連忙大叫，導演隨即揮動右手，狠狠地打在她的臉上。

「誰讓妳說話了？」

胡靜蘭被打得倒在地上，眼鏡也掉了下來，導演毫不猶豫地踏碎眼鏡，然後抓起她的頭髮，迫使她抬起頭。

「千面小妹妹，我再給妳半分鐘的時間，半分鐘之後，妳們的製作人不只會變成花朵這麼簡單。」

「請……請等一等！」

藍可儀的聲音立即從通訊器另一邊傳來，導演冷冷一笑，丟下胡靜蘭之後，便抬起頭望著螢幕。

在螢幕之上，藍可儀正高舉雙手，慢慢走向超級英雄聚集的地點。

「爆靈，給她一點教訓。」

「不要！」

胡靜蘭慌張地往前爬行，導演立即轉過身，主動走到她的身邊。

然後，就像踐踏螻蟻一般，用力朝她的右手踩下去。

「嗚！」

「誰叫妳要多管閒事呢？妳就趴在地上，好好看著自家的女孩被痛打一頓吧。」

「不要——嗚！」

導演加強腳上的力道，胡靜蘭痛得哭出來，同一時間，藍可儀也被爆靈狠狠拉扯到地上，遭受無情地拳打腳踢。

——住手！

關銀鈴想要阻止，但導演適時把胡靜蘭現在的情況展示給場內的人看，關銀鈴當場不知所措，只能痛苦地看著藍可儀被打。

「爆靈，夠了。」

藍可儀已經被打得不醒人事，周卓珊終於叫停爆靈，然後說：「HT只是小角色，我們真正的目標，可是更加美味的獵物。」

「……我知道。」

爆靈踢出最後一腳，藍可儀雖已失去意識，但身體仍然不由自主吐出血來，關銀鈴連忙跑到她的身邊，哭著臉緊抱著她。

爆靈盯著她們好一會，之後毅然轉過頭，筆直地盯著暴君恐龍。

「要先從哪個下手？」

「女孩子受難的場面會比較賞心悅目，尤其是高傲的女孩。」

周卓珊說完之後，花螳螂便抬起無神的視線，面無表情地望著冰雪女王。

「等等！不准你傷害她！」

布偶瑪莉立即擋在冰雪女王的身前，極力張開幼小的手臂。

「這樣啊？好吧，可愛女孩受難也別有一番風味。」

花螳螂臉上突然掛起詭異的笑容，然後慢慢迫近二人，布偶瑪莉忍不住顫抖，但仍然堅持擋在冰雪女王身前。

「……放心，我不會有事的。」

冰雪女王突然反過來把布偶瑪莉護在身後，但布偶瑪莉沒有就此退開，只是緊緊抓住對方手臂。

就在這時，暴君恐龍忍不住了。

「混帳！不要小看我們！」

暴君恐龍正要變身成恐爪龍，猝然頭頂傳來一聲慘叫——是卓不凡的慘叫。

「下一次我不會失手了啊！」

螢幕展示出卓不凡肩膀中槍的樣子，血瞬間把襯衫染得深紅，暴君恐龍見狀，馬上驚恐地僵在原地。

「……混帳！」

最後，他只能夠仰天咆吼。

◆◎◆◎◆◎◆

「放開她！」

游諾天忽然抬頭大叫，卡迪雅雖然沒有吃驚，但也忍不住皺起眉頭。

「怎麼了？」

「之後妳要拷問我，悉隨尊便，但現在給我放開她！」

游諾天難得如此慌張，卡迪雅想了一會，終於放開赤月，赤月隨即逃到游諾天身邊，然後忍住痛撫揉手腕。

「發生了什麼事？」

「是明星遊樂園，那邊出事了。」

「明星遊樂園？」

突然冒出一個和現在情況完全沾不上邊的名詞，卡迪雅不禁一愣，不過她很快便從記憶之中搜索到相關資訊。

「ＮＣ電視臺正在那邊拍攝新節目。」

「我們ＨＴ也參加了，而那邊現在出事了。」

游諾天不多作解釋，直接展示出藍可儀的簡訊，卡迪雅一看，馬上挑起眉頭。

「就這麼一句話？」

「千面從來不亂說話，而且功夫少女那丫頭就在那邊，以她的性格，絕對不可能對千面見死不救！」

卡迪雅的眉頭挑得更高了。

「也就是說，發生了連那個女孩都應付不了的事情。」

卡迪雅清楚記得功夫少女有什麼超能力，在她使用超能力的時候，她堪稱無敵的存在——而現在發生的事情，就連無敵的她也無能為力。

「我要去明星遊樂園。」

游諾天二話不說站起來，赤月趕忙跟著他，可是他們還未離開情報管理部，卡迪雅率先叫住他們。

「等一等。」

游諾天不想理會她，可是在這之前，司徒鋒對守衛打了眼色，守衛立即擋在門前，擋住他們的去路。

「我不會逃跑，之後一定會回來。」游諾天狠狠瞪著卡迪雅說：「所以給我讓開！」

「我的確懷疑這是你逃走的計策，但就時間上來說，未免太準確無誤了，所以我認為

這只是巧合。」

「那就給我讓開！」

「不過，假如真的發生嚴重的事，就你們兩個走過去，我不認為你們可以做什麼。」

「就算是這樣，我也要去。」

游諾天堅定地說道，卡迪雅一聽，嘴角隨即往上勾起。

「很好，這樣子才是我認同的男人。」

卡迪雅爽快站起來，然後對司徒鋒說：「替我聯絡特別行動組，行動代號是『致命的稻草人』。」

游諾天並不知道什麼是致命的稻草人，不過他知道什麼是特別行動組。

「……多謝妳。」

「放心，這次我不是賣你人情，我也聞到了可疑的氣味。」

卡迪雅走到游諾天和赤月身邊，表情雖已不再冰冷，卻凝重地看著前方。

「我最討厭這種氣味了。所以，我要盡快解決這件事情。」

卡迪雅一聲令下，不待司徒鋒的同意，守衛便恭敬地打開情報管理部的大門，之後卡迪雅領著兩人往前走，但他們不是走向大門，而是朝地底走去。

那是從外面看來，絕對不會察覺到的地下室。

赤月立即緊跟上游諾天，游諾天也有點緊張，但他冷靜地問道：「我們要去哪裡？」

「你該不會打算用車子趕過去吧？」卡迪雅回復平常的戲謔語氣說：「如果真的發生大事，這未免太慢了喔。」

「這裡該不會是連接明星遊樂園的捷徑吧？」

「當然不是。」卡迪雅勾起嘴角：「是『連接』NC所有地方的捷徑。」

他們走了大概三分鐘，終於走到地下室的底部。這裡比起走下來的樓梯通道較為光亮，游諾天仔細一看，眼前共有六道大門緊閉的房間。

卡迪雅走到其中兩道大門跟前，然後把手掌放在門前的掌紋驗證器之上。

「驗證完成。最後確認，卡迪雅部長，請說出暗號。」

游諾天馬上想要迴避，但卡迪雅率先開口說道：「必要的黑暗。」

「正確。房客已經準備就緒，請小心。」

沉重的機器運作聲音轟然響起，兩道看似平平無奇的大門，隨即以緩慢的速度往兩邊打開。

「退後　點，雖然比起最初的日子，他們已經安分多了，但偶爾還是會很激動。」

大門打開。兩個簡樸的房間馬上映入眼簾，然後一名穿著白色背心，雙手纏著繃帶的男子從其中　個房間慢慢走出來。

「卡迪雅部長，很久不見了。」

男子平靜地笑著說道，然後禮貌地往前伸出右手。

「也不是很久吧？上次見面，應該是半年前？」

卡迪雅也伸出手，但就在要交握之際，她及時把手收回來。

同一時間，一點血絲從她的指頭滴落。

「哎呀，失手了呢。」

男子仍然一臉微笑，然後輕輕往後梳起頭髮。游諾天看到了，他的指尖劃過的地方，明顯染著一抹血紅。

「對你真是一刻也不可以放鬆呢。」

突然受到襲擊，卡迪雅卻沒有生氣，她只是一臉平常地說：「閃兒呢？」

「妳不知道，我怎麼會知道啊？」

男子笑著聳了聳肩，卡迪雅終於稍微皺起眉頭，但她還未說話，一聲驚叫猝然響起。

「嗚呀！」

尖叫聲的主人正是赤月，她慌張地掩著臉頰，然後不顧一切抓緊游諾天的手臂。

「我喜歡這個女孩！我要她，我要她！」

一名男孩指著赤月雀躍地大叫。他頭頂上沒有一根頭髮，是名副其實的禿頭——不只是頭髮，在他身上似乎找不到任何一根毛髮，整個人看起來就是光禿禿的，有種難以言喻的詭異感覺。

游諾天也不禁大吃一驚，並非被赤月的尖叫嚇到，而是因為他完全不知道男孩是什麼時候來到他們的身後。

「他剛才舔我的臉……」

「這是他很喜歡妳的證明呢。」

卡迪雅立即賊笑著說，赤月馬上狠狠瞪著她，不過赤月猶有餘悸，不敢隨便說話。

「好了，我們沒有多餘的時間。閃兒，我們要去明星遊樂園。」

被稱為「閃兒」的男孩馬上不悅地大叫：「我才不管什麼明星遊樂園，我想要這個女孩──」

「我們要去明星遊樂園，聽到沒？」

卡迪雅湓然瞪起雙眼，閃兒立即僵在原地，他的手指仍然指著赤月，似乎還是頗不捨得，但他最後乖乖點頭。

「抱歉，我來遲了。」

一個女聲從入口處傳來，之後她來到卡迪雅身前，恭敬地低頭行禮。這名女子身穿白

色的和服，游諾天認得她，她是英管局的「神奇護士」——神崎。
「不，時間剛剛好。」卡迪雅說：「我們這裡有六個人，閃兒，把我們全部送去明星遊樂園。」
閃兒鼓起臉頰說：「我不知道那是什麼地方。」
「就是這裡。」
卡迪雅馬上用手機打開NC的實境地圖，然後指著遊樂園的入口。
「但要傳送六個人，我未必做得到……」
「不要撒嬌，事成之後，她會陪你喝茶，也會陪你打電動。」
卡迪雅口中的她當然是指赤月，所以赤月連忙叫道：「等一等！我沒有答應——」
「好耶！一言為定！」
閃兒霍地高舉雙手，接著一道白光就像要鯨吞眾人一般從頭頂猛襲而來，之後白光消失，赤月驚見自己已經來到明星遊樂園。
「原來傳聞是真的。」
赤月還在震驚當中，游諾天卻了然於胸似的點著頭說：「NC曾經出現過兩名擁有『空間轉移』能力的超能力者，但他們在五年前便消失在眾人面前，有人猜測過是英管局監禁了他們。」

「說監禁太難聽了。」卡迪雅不以為然地說：「我們只是照顧他，而且我們也不知道另一個人到底在哪裡。」

「真的嗎？」

「現在是說這種事情的時候嗎？你家的寶貝有危險了喔。」

卡迪雅說得沒錯，所以游諾天沒有追問，立即想要進入電子世界監控整個遊樂園——在這之前，一聲慘叫駭然從遠處傳來。

是卓不凡的慘叫！

「那邊。」

聲音雖然遙遠，但繃帶男子立即舉手直指前方，之後他二話不說，猛然往前衝出。他的動作相當矯捷，不一會便在眾人眼前消失，游諾天想要追上去，可是卡迪雅率先阻止他。

「不要心急，你是追不上他的。」

游諾天當然心急，但他看得出卡迪雅早有打算，所以也強忍住焦躁，之後卡迪雅戴在手上的通訊器響了。

「前方，六百五十二公尺，途中沒有任何障礙物。」

「收到。」卡迪雅轉頭望向閃兒，「把我們帶過去。」

「我想看她穿短裙的樣子。」閃兒指著赤月說。

「成交。我會準備迷你裙。」

「喂！我就說——」

赤月的抗議再一次被無視，白光一閃，他們便來到古墓地圖區。

「聲音就是從裡面傳出來的。」

古墓地圖的四周被木製的圍柵包圍，所以看不到裡面，縱使如此，他們可以肯定聲音確實是從裡面傳出來的。

因為他們都聽到了。

「睜大雙眼看清楚吧，你們根本不是超級英雄。」

平靜但充滿惡意的聲音倏然響起，游諾天不敢怠慢，立即發動超能力進入電子世界。

只有在極度集中的情況下才能夠進行深潛，所以游諾天現在只是進入電子世界的表層——要取得遊樂園的系統控制權，這樣已經很足夠了。

「電子世界，打開這裡的大門。」

「不可以。」

得到意料之中的回答，游諾天並未吃驚，但在下一刻，事情卻遠遠出乎他意料之外。

他真的不能打開門。

「電子世界，這是怎麼一回事？」

「我不能讓你打開門。我和她約定好了。」

電子世界平淡地說，游諾天當場一愣，可是未來得及追問，遊樂園忽然響起刺耳的警鈴聲，把他拉回現實。

「哎呀，這不是英管局的外交部長大人嗎？」

和粗獷的聲音完全不相襯的輕佻語氣徐徐響起，緊接著一部空中攝影機來到他們的頭頂，鏡頭筆直地對準他們。

「你們怎麼會來了？本來我是想這樣問的，但仔細一想，這根本不是重要的事情呢。啊！對了，我想到一個好主意！」

對方突然笑著說，游諾天立即湧起不祥的預感，而對方彷彿要印證他的想法，緊接著又是一聲賊笑。

「我們來比賽吧！現在你們不能闖進來，對嗎？我就給你們二十分鐘，如果在二十分鐘內你們可以闖進來，我們會無條件投降，但假如你們做不到，我就殺一個人質，然後我們再比賽一次。你們有三次機會，如果三次都失敗了，我們就殺掉所有人。」

游諾天不知道對方口中的人質到底是誰，也不知道有多少人，不過他知道對方是認真的，所以他馬上深呼吸，拚命讓自己冷靜下來。

「那麼，比賽正式開始！」

對方興奮地如此宣告，游諾天隨即抓緊雙手，盡全力分析眼下的情況。

他的超能力起不了作用，而他雖然不知道卡迪雅帶來的兩名部下有何超能力，不過見對方只是站著不動，似乎對現況也是無計可施。

然後，游諾天從對方的話當中假設了兩件事情。

第一、他們手中有人質，所以才可以壓制一眾超級英雄。

第二、他們手中的人質，很可能就是各家事務所的執行製作人。

假如真是這樣，他想到一個辦法——雖然他不能取得遊樂園系統的全面控制權，但要奪取其中一種系統的控制權，有一試的價值。

然而，真的要這樣做嗎？

另一種截然不同的不安心情湧上心頭，它緊緊抓住游諾天，讓他猶豫不決——

看到英管局和游諾天等人來到，一眾超級英雄確實因此稍感安心，但他們都清楚知道，眼下的狀況並無任何改善，甚至變得更加嚴苛。

「珍妮，走開呀！」

布偶瑪莉聲嘶力竭地大叫，可是冰雪女王不聽，仍然奮力把對方護在身下。

接著，花螳螂再一次狠狠踢上她的背部！冰雪女土拚命咬緊牙關，不讓自己叫出來，但看她全身都在冒汗，誰都看得出她只是強行忍住。

拳打、腳踢，花螳螂面無表情，揮出拳頭的時候也不見任何喜怒神色，他只是單純聽從命令。

看到他這個樣子，爆靈悄然嘆一口氣。

「爆靈，跟我們來吧。」

爆靈想起在出發之前，周卓珊突然來找她，那個時候她一度期待過，可是當周卓珊表明身分之後，她馬上認清現實，然後默默點頭答應。

早在三個月前，爆靈便加入了ＳＶＴ，那時候邀請她加入的女人並非周卓珊，可是她想不起對方的樣子，只記得對方總是掛著白信滿滿的笑容。

她以前也一直掛著笑容，但那不是真心的，只是在強顏歡笑，所以每當她想起那名女子的笑容時，心情總是十分複雜。

這不是她想要走的路，然而，假如走上這條路，她也可以露出如此真心的笑容嗎？

爆靈不知道。她唯一知道的是，現在已經沒有回頭路——

「……爆靈，為什麼？」

忽然一個聲音從身邊傳來，爆靈內心當場顫抖了，但她沒有表現出來，只是冷冷地瞪著聲音來源。

——是許筱瑩。

「妳和他們不同……妳沒有被人控制……」

許筱瑩剛才被他們打傷了，而且傷得不輕，右邊臉頰有著明顯的淤青，身體還在顫抖，不過她仍然奮力撐起身體，一雙眼睛筆直地盯著昔日的同伴。

「為什麼妳要這樣做？」

「我相信妳一定會成功的！」

「我也會繼續努力，將來我們一起合作吧！」

這是爆靈離開ＨＴ之前，許筱瑩對她說的餞別語。

那個時候，爆靈因為心情煩悶，所以沒有回答，就這樣默默離開。爆靈事後不禁後悔，她知道許筱瑩是真心這樣說的，所以她曾經想過，假如之後再見到對方，一定會和對方好好談一談。

可惜，她們竟然在這樣的場合重逢。

「爆靈，回答我！我認識的爆靈不可能會這樣做的！」

許筱瑩憤然大喝，爆靈再也忍不住，她走到許筱瑩身邊，狠狠踢出一腳！

「嗚——！」

「我說過了吧？我不想跟妳說話。」

許筱瑩無從躲避，腹部馬上又捱上一腳，她當場吐了出來，不過她沒有因此退縮，瞪著爆靈的眼神變得更堅定了。

「但在我看來……妳只是不敢說……」

「荒謬！」

爆靈猛地抓起許筱瑩，朝著她的腹部又是一拳，許筱瑩隨即慘叫，周卓珊察覺到了，於是控制花螳螂把臉轉過來。

「爆靈，妳在做什麼？我剛才不是說不用管HT嗎？」

「住口！我才不管妳要做什麼，我自有打算！」

周卓珊不喜歡這句話，但她沒有生氣，只是讓花螳螂聳一聳肩。

「真是的，我之前就叮囑過妳不要公私不分嘛……不過算了，反正到最後，他們統統都要死，隨便妳怎樣做吧。」

周卓珊藉花螳螂的口說完這句話之後，再一次轉身面對已經被打得吐出血來的冰雪女王，她仍然沒有放開手，死命保護著布偶瑪莉。

夠了！在場所有人都想大叫出來，可是他們都不敢，因為哪怕走錯一步，被挾持當人質的製作人肯定會死。

「爆靈，妳醒一醒啊……」

不知是因為疼痛，抑或是其他的原因，許筱瑩的聲音沙啞，就像喉嚨被粗糙的沙子卡住一樣。

「妳的目標……應該是更遠大的……」

「住口！」

爆靈一拳打中許筱瑩的胸口，許筱瑩當場要窒息了，但爆靈沒有因此心軟，她反而張開手掌，在掌心之中，紅色的光芒如同龜裂一般往外擴散。

「這就是我自己的選擇！」

熾熱的手掌猛地朝臉龐襲來，許筱瑩避無可避，只能痛苦地看著對方——

「夠了！」

「轟！」爆靈的手掌爆炸了——正確來說，是被她手掌碰到的東西爆炸了，可是那東西並非許筱瑩的護目鏡，而是另一張黃銅色的面具。

是關銀鈴。

剛才千鈞一髮之際，她擋在爆靈和許筱瑩之間，用身體替許筱瑩擋下這致命一擊。

爆靈難以置信地看著前方。她再一次感受到，眼前的女孩到底有多強大。

「爆靈前輩，雖然我不知道妳有什麼原因，但妳這樣做肯定是錯的！」

明明正面承受了爆炸的衝擊，關銀鈴卻是毫髮無傷，只有面具慢慢脫落，露出半張和實力完全不符的稚嫩臉孔。

她無懼眼前的一切，張開雙手擋在許筱瑩身前。

「我們是超級英雄！我們絕對會阻止——」

忽然關銀鈴倒下了。

事情發生得太突然，不只是爆靈，其他人都大吃一驚，之後許筱瑩率先反應過來，趕忙扶起關銀鈴。

關銀鈴身上仍然閃著金光，可見她的超能力仍未消失，接著，一聲巨響轟然響起。

「咕——！」

假如在其他場合，許筱瑩也許只會苦笑一聲，之後抱怨幾句，但在這個危急關頭，她只能拚命咬緊牙關說：「妳……該不會……」

關銀鈴臉紅耳赤，但事實擺在眼前，她只能輕輕點頭說：「嗯……我突然好餓……」

「妳在開什麼玩笑！」

爆靈氣得七竅生煙，掌心再一次閃出火紅的光芒，許筱瑩立即抱緊關銀鈴，把她護在

懷中。

「竟敢戲弄我……去死吧！」

「終於接通了。」

火紅的掌心馬上就要打在許筱瑩身上，游諾天的聲音猝然從天而降，爆靈立即一怔，然後錯愕地抬起頭。

「我們看不到裡面的情況，但你們手中有人質，超級英雄們都不敢隨便反抗，所以你們掌握住形勢……你們一定是這樣想的，對吧？」

四周忽然變得沉默了。雖然游諾天說的是大家都知道的事實，但所有人都專心聽著他的話，ＳＶＴ一方是疑惑，超級英雄們則是在期待。

「事實上，你們已經失敗了。」

冷不防游諾天這樣說道，ＳＶＴ一伙人當然更加的疑惑，周卓珊立即利用通訊器聯絡爆靈。

「下面有什麼異樣嗎？」

「……沒有。」

爆靈環視四周，並非她大意忽略，而是四周真的沒有任何動靜，既沒有人闖進來，也沒有人不見了。

之後她抬起頭，盯著頭頂的廣播器。

「你們會失敗，全因為忽略了一個人。」游諾天說：「她有能力打敗你們所有人。」

——她？

爆靈不禁望向仍然倒在許筱瑩懷中的功夫少女。要說這裡有誰可以打倒他們，肯定非她莫屬，不過她現在竟然因為肚子餓這種蠢原因倒下來，所以爆靈不認為她還有辦法扭轉形勢。

更何況即使她能龍精虎猛，她也不可能貿然出手，因為周卓珊手上有人質。

——所以，游諾天到底在說什麼？

「妳有聽到吧？只有妳才可以解決現在的困局。」

游諾天沒有理會其他人，逕自對那個「她」說道：「現在，我需要妳的力量！」

「我需要妳的力量！」

游諾天的話不只在場內響起，控制室也聽得一清二楚，但周卓珊和爆靈一樣，完全不知道他在說什麼，所以她控制導演望向端木直。

「阿直，你知道他在說什麼嗎？」

「不知道，但他不是一個只會虛張聲勢的人，也許他真的有秘策打破現在的困局。」

「這樣啊……」

導演點了點頭，然後望著手錶確認時間。二十分鐘的時限已經過了一半，游諾天也許真的有秘策，但也有可能只是狗急跳牆。

「她」到底是誰？就是那個功夫少女嗎？她不知為何突然倒下，難道說那是演技？

「……爆靈，立即殺了功夫少女。」

「不要！」

胡靜蘭馬上要撲上去，雖然周卓珊明知胡靜蘭根本不可能阻止她，但她心情有點不悅，所以索性讓導演舉起槍口，然後扣下扳機——

「混帳！」卓不凡不顧傷勢衝向導演！

周卓珊當場一愣，正是這個短暫的停頓，卓不凡馬上就要撞倒導演，可惜在這之前，站在導演身邊的端木直開槍了。

「砰！」

子彈穿過卓不凡的腹部，他連一聲都吭不出來，直接仰後倒下。

「我有不好的預感，而且這種預感一點都不有趣。」

「所以呢？」

「所以，我們還是速戰速決吧。」端木直舉起手槍，把槍口對準胡靜蘭：「這一次只是炒熱氣氛，真正的重頭戲還在後頭，我可不想錯過啊。」

「你先等一等。」索妮亞搶先擋在胡靜蘭的面前：「對於有趣的事情，小女子也很感興趣呢。」

「如果妳加入我們，我可以告訴妳呢。」

「你不打算在這裡坦白一切嗎？」

「我畢竟是一個編劇，反派在大好形勢之下說出自己的計畫，然後主角反敗為勝的戲碼，我可是很清楚啊。」端木直笑著說：「坦白說，我有點喜歡索妮亞小姐呢，而且妳的發明應該可以幫到我們，所以妳現在要投誠的話，我們非常歡迎。」

「真是受寵若驚，可惜小女子不喜歡SVT這種蠢到無藥可救的名字。」

索妮亞勾起嘴角，希望藉此激怒端木直，可是端木直只是笑了一笑，然後輕輕點頭。

「我也覺得這個名字有點蠢，但既然妳這樣說，我只好請妳去死了。」

「砰！」

說完之後，端木直沒有絲毫猶豫，爽快扣下扳機。

子彈要打中索妮亞只需要彈指的時間。

索妮亞是凡人的血肉之軀，既不可能避開子彈，假如被子彈打中，也肯定身受重傷，若然命中要害更會一命嗚呼。

同一時間，從螢幕可以清楚看到，爆靈已經舉起右手，準備攻擊倒在地上的關銀鈴和許筱瑩。關銀鈴雖然倒下，不過超能力還在發動，所以仍然可以捱過爆靈的攻擊，但許筱瑩不同，她也是血肉之軀，正面承受爆靈的超能力，絕對不會平安無事。

胡靜蘭把這一切都看在眼裡。

——不要！

她什麼都做不到，只能在內心拚命大喊——不要！

她清楚知道，自己並非什麼都做不到——更正確來說，她是在場唯一有能力阻止這一切發生的人。

——要阻止他們！一定要阻止他們！

「靜蘭姐，這不是妳的錯。」

昔日的聲音驀地在腦海響起，同時她想起那張淡然的笑容。

「妳的確是最強的，不過，妳不能阻止我。」

「因為妳是溫柔的人。」

「溫柔的人，誰都拯救不了。」

「不要！」

胡靜蘭驚慌地大叫出來。這聲叫喊，理應只是徒勞的吶喊。

在最初的一瞬間，沒有人知道發生了什麼事情，端木直以為他自己射中了索妮亞，索妮亞也以為她自己中槍了，可是兩秒之後，他們終於察覺到不妥。

在這聲吶喊之下，子彈停住了。

「這是……」

端木直以為自己看錯了，但他定眼一看，子彈真的停在半空，他馬上想要再扣下扳機，可是他駭然地睜大雙眼，難以置信地看著手槍。

扣不下去！任憑他再用力，扳機都紋風不動，就像有一股無形的力量鎖住了扳機。

「卓珊，命令所有人射擊！」

端木直趕忙大叫，周卓珊也察覺到不妥，所以她沒有多問，馬上控制在場六個人開槍射擊。

然而，他們全都不能扣下扳機。

「這到底是——嗚！」

突然一陣無形的重壓從前方襲擊，同時雙手就像要被人撕裂一般傳來劇痛，端木直嚇得立即丟掉手槍，然後手槍就像有生命似的，在空中快速旋轉。

接著，地震了。

「嗚哇！」

端木直狼狽地跌在地上，之後他驚覺這不是地震，因為在控制室外的超級英雄們都沒有倒地，只是吃驚地看著控制室的情況。

也就是說，只有控制室在震動。

「到底發生了什麼事？」

端木直抬起頭，眼見所有人都倒在地上，所以最初他並未察覺，但在下一刻，他澮然發現了震動的中心。

是抱著頭、痛苦地倒在地上的胡靜蘭。

「妳在做什麼！」

端木直想要走過去抓住胡靜蘭，可是地面搖晃得太厲害了，他根本站不起來，只能夠驚慌地瞪著她。

一記笑聲突然傳來，他馬上轉過頭，便見到索妮亞一臉微笑地看著他。

「端木兄，你在害怕嗎？」

「妳——」

「你不應該害怕呀。」索妮亞打斷端木直的話，之後她也看著胡靜蘭，臉上的笑容變得更燦爛了，「這可是睽違三年的精采表演呢。」

天沒崩，地未裂，不過所有人都感受到了，某種東西正在失控。

是金屬。

游諾天等人眼前的圍柵雖然是以木頭為材料，但固定它們的全是金屬器材，眼前緊閉的大門也是一道厚重的鐵門，它本來靜止不動，現在卻像被巨人用力搖晃，發出轟隆隆的響聲。

接著，其中一面鐵門傾斜倒塌，露出一個連小孩子也難以穿越的破洞。

已經足夠了。

「閃兒。」

「我想——」

「我拒絕！」

赤月搶在閃兒開口之前叫道，閃兒隨即噘起嘴巴，嘟囔幾句之後，白光閃現，眾人便進入古墓地圖。

「那邊有血的氣味。」

繃帶男子立即指著右前方，同一時間，赤月指著頭頂的螢幕大叫：「諾天，你看！」

螢幕顯示的正是控制室的情況，比起大門這邊，控制室簡直是驚濤駭浪，無數器材都粉碎了，而散落的碎片就像龍捲風似的，在房間裡瘋狂肆虐。

龍捲風的中心正是胡靜蘭。

「帶我去那邊！」

游諾天二話不說抓起閃兒的手臂，閃兒卻沒反應，只是冷漠地看著螢幕。

「那邊好危險，我不去。」

「你……！你帶我去那邊，之後立即逃走！」

「不要，太麻煩了，而且這又不是命令——」

「帶他去那邊！」

忽然赤月一掌打在閃兒的後腦勺上，閃兒雖然沒有叫出來，但卻吃驚地瞪大雙眼。

「妳竟然打我……」

「我打你就打你，你咬我啊！」赤月齜牙咧嘴地說：「剛才你要求多多，現在叫你做一件事就推三推四！我告訴你，如果你不帶他去那邊，剛才你所有的要求我都不會做！」

「咦？不公平！現在是現在，剛才是剛才！」

「我管你！」

赤月挺起胸膛，堅定地說道，閃兒說不過她，只好轉頭向卡迪雅求救。然而，卡迪雅沒有理會他們，只是皺起眉頭，苦惱地盯著螢幕。

「……那是『能力暴走』。」

一聽到這句話，赤月當場倒抽一口氣，她猛地望向游諾天，只見游諾天一臉痛苦，但也馬上開口接話：「沒錯，所以我要去。」

「……不，你不用去。」卡迪雅冷靜地說：「凶刃，你去。」

「等一等。」游諾天搶在繃帶男子回答前說：「妳想做什麼？」

「能力暴走有多危險，不用我說，你也一清二楚吧？之前是不幸中之大幸，她的超能力只是反噬了她自己，但這次不同，假如胡靜蘭完全暴走了，我們不可能阻止她。」

「所以我才要去，我會把她帶回來的。」

「萬一你失敗了呢？」

「我不會失敗。」游諾天說：「這一次，我一定不會失敗。」

這是毫無根據的說法，卡迪雅知道，游諾天知道，而且他也清楚知道，萬一胡靜蘭完全暴走，不只是這裡所有人，連整個ＮＣ都會陷入危機。

不過他絕對不會放棄胡靜蘭。

是他要求胡靜蘭使用超能力幫助他，而且在這兩年來，胡靜蘭明明也在自責，卻一直待在他的身邊鼓勵他、陪伴他。雖然從未說出口，但他對此衷心感激。

「沒有時間了，把我送去那邊。」

游諾天直盯著卡迪雅，卡迪雅眉頭一皺，無奈地吁一口氣。

「這一次可是貨真價實的人情，之後我一定會要你償還的。」卡迪雅轉頭對兩名部下下令：「閃兒，帶他去控制室；凶刃，你沿著血的氣味走，發現敵人就打倒他。」

凶刃馬上笑著說：「我先問清楚，可以殺掉嗎？」

「不可以，我要活口。」

凶刃聳了聳肩，然後他踏出無聲的腳步，瞬間在眾人眼前消失。

「趁我未改變主意，快點去。」

卡迪雅催促游諾天，游諾天立即抓住閃兒，閃兒雖不願意，但他也聽從命令，把游諾天帶到控制室。

胡靜蘭永遠忘不了那一天。

游諾天抱著「她」，沒有痛哭，也沒有悲鳴，而是像一具沒有生命的雕像一般，默默地跪在地上。

「她」沒有任何反應。

之前發生的一切都像是假的，沒有任何人受傷，更加沒有人驚慌受怕，一切都只是夢境一場。

——如果真是這樣，那該有多好？

自從那天之後，有好一段時間，胡靜蘭每天醒來就會嘔吐。她雙腳自小不良於行，直至得到超能力之後，她才可以自由走動，可是隨著嘔吐次數的增加，她感覺到自己的超能力正逐漸消失。

不，這樣說不對。

超能力沒有消失，只是她不敢使用。

得到超能力之後，她曾經以為自己真的是一個超級英雄，可以幫助NC所有需要幫忙的人。每當她在人前出動，群眾都會雀躍歡呼，有一次一名小女孩跑到她的身前，大聲稱讚她很帥的時候，她真的很高興，所以使用超能力造了一個鈴鐺送給對方。

可惜這只是幻覺。

她明明有能力救助NC所有人，卻救不到身邊的「她」。

為什麼沒有察覺到呢？為什麼會天真地以為「她」和平時一樣，沒有察覺到「她」早就在求救了呢？

——是因為我太遲鈍嗎？

——是因為我太粗心大意嗎？

——抑或說，是因為我沉浸在自己的強大之中，所以看不到對方的求救嗎？

如果真是這樣⋯⋯

那麼，她寧可當一個弱者。弱者不能拯救其他人，但至少可以拯救「她」。

「靜蘭！」

忽然一個聲音從前方傳來。聲音好熟悉，可是胡靜蘭沒有理會它，仍然睜著雙眼，望著觸碰不到的遙遠過去。

那是多麼快樂的日子。

超級英雄終於得到ＮＣ政府承認，成為合法的存在，市民們也不再恐懼他們，更視他們為和平的象徵，一直讚頌他們。

事務所越來越多，業界的競爭也越來越激烈，不過胡靜蘭沒有覺得辛苦，她反而很珍惜和同伴一起努力的日子。ＨＴ的排名下降了，他們並不沮喪，而是再接再厲，用心做好每個表演。

傷心過，流淚過，也歡笑過。

她曾經以為，這樣的日子會一直持續到永遠。

「胡靜蘭！」

聲音又再響起了，這次好像比較接近，不過胡靜蘭依然沒有理會它，只是伸出雙手，想要碰觸昔日同伴的笑臉。

「她」的笑臉就在眼前，但她碰不到。好像有什麼東西擋在眼前，景象都變得朦朧了，過了一會，她才驚覺這是她自己的眼淚。

——對不起。

「她」沒有聽見，仍然對她展露笑容。

——對不起、對不起、對不起。

胡靜蘭拚命道歉，可是「她」仍然渾然不覺，繼續和身邊的同伴把酒言歡。

這明明是不對的，「她」很容易喝醉，醉酒後都嘔得很厲害，但其他人都太寵「她」了，所以都偷偷瞞著「她」那位珍愛「她」的哥哥，把珍藏的好酒倒給「她」。

——為什麼我沒有好好保護眼前的一切？

——他們明明是我最親密的同伴，為了他們，即使要犧牲自己也在所不惜，但為什麼？為什麼沒有好好保護他們？

——到底是為什麼呀？

「胡靜蘭！妳有聽見的吧！不要無視我！」

聲音再三響起，這一次胡靜蘭終於抬起頭，然後霍地僵在原地。

眼前一片狼籍，所有器材都粉碎了，金屬碎片在房間失控亂撞，彷彿有多隻無形的小惡魔抓住它們在狂歡跳舞。

這不是人類應該踏足的空間，在場所有人要不是受傷倒地，就是抱頭伏在地上，可是當中有一個人卻無視眼前這一切，拚命朝著她走過來。

「……諾天？」

胡靜蘭已經分辨不出眼前的景象到底是現實還是過去，她輕聲叫喚對方，游諾天聽見了，緊繃著的臉終於稍微放鬆，輕輕笑了出來。

「終於回答我了嗎？」

「真的是你嗎？還是——」

胡靜蘭沒有說下去，因為一片有手臂粗的金屬碎片適時襲向游諾天，游諾天雖然及時舉手擋住，可是碎片太大，力道也太猛烈了，他馬上被打得倒在地上！

「嗚！」

「諾天！」

胡靜蘭慌忙想要到他的身邊，可是她走不了。

——我的輪椅呢？

胡靜蘭左顧右盼，之後她發現輪椅早就和房間裡面其他器材一樣支離破碎。

「真是的，幾年沒用超能力……忘記怎麼用了嗎？」

游諾天站了起來，胡靜蘭立即轉過頭，驚見他全身都是傷，那件一直令他引以自豪的西裝也變得破破爛爛。

他每走一步，整個人都在顫抖，左眼被頭上流下的血遮住，根本睜不開來。

但他還是繼續朝著她往前走。

「快趴下來！」

又有一片金屬碎片襲向游諾天，這次他連舉手去擋的力氣都沒有，快被打中之際，他忽然腳下一滑跪倒在地上，僥倖避過。

接著，他再次站了起來。

「夠了！快點趴下來，你會被打死的！」

胡靜蘭的聲音都嗚咽了，雙眼更被淚水填滿，不能好好看清楚前方。

「區區金屬碎片，不可能打死我的。」

游諾天嘴上是這樣說，但他其實早已眼冒金星，身體更是疼痛得只剩下痛覺，腳掌踏在地上時，他都要拚命咬緊牙關才沒叫出來。即使如此，他也沒有停下來，繼續往前走。

「妳忘記了嗎？我曾經被吸乾精力，差點要死掉了。」

「那是以前的事！快點趴下來，你真的會被打死，會被我打死的！」

「這是不可能的。」游諾天奮力笑著說：「我可能會被赤月打死、可能會被功夫少女那個丫頭撞死，甚至惡魔槍手有一天可能會忍不住對我開槍……唯獨是妳，是不可能打死我的……因為妳是溫柔的人，妳的力量，是為了保護他人而存在的。」

「不是！正因為我是溫柔的人，我才救不了任何人！」

「……妳果然和我一樣，仍然忘不了過去……」

游諾天的嘴角勾得更高了，接著一片金屬碎片劃過他的小腿，他當場跪倒下來，不過他還是沒有停下，即使拖著右腿，他仍然奮力向前走。

「諾天，我求求你，停下來吧！」

「妳剛才說，妳救不了任何人……這話肯定是錯的，因為妳的關係，這裡所有人才可以得救……」

游諾天低頭深呼吸，正好看到倒在地上的卓不凡。

「即使是這傢伙……他的生命力很強，所以也會得救……」

——情況相當不妙。

游諾天早就知道闖進這陣金屬龍捲風之中是多麼危險的事情，區區的凡人身體不可能敵得過它，他唯一能夠做的就是拚死走向前。

不過情況比想像中更加危急，不只嚴重失血，肋骨好像也斷了好幾根，頭蓋骨也在吱吱作響——雖然這個聲音令他勉強保持清醒，但似乎已到極限。

然而，他還不能倒下。

「不是的！我根本沒有救到任何人！我現在控制不了這股力量！」

「那就給我控制它！」

游諾天放聲大喝，同時一記沉重的打擊打在背上，他當場往前撲倒，吐出血來。

「諾天！」

游諾天倒在胡靜蘭身前，只要胡靜蘭往前爬出一步，她就可以握起對方的手，可是她的雙腳就像被緊緊綁在地上似的，完全動彈不得。

「對不起！對不起！我、我……做不到！」

「妳一定做得到的……」

游諾天撐起身體，然後跨出最後一步。

他來到胡靜蘭身邊，緊緊抱住她。

「妳是溫柔的人……也是我、她、那個丫頭，還有其他人都憧憬的人……」

「不對……我只是……救不了他們的弱者……」

「才不是。」

游諾天用盡全身最後的氣力，在胡靜蘭耳邊笑著說：「妳是『星銀騎士』，是NC、是HT，更加是我們的超級英雄。」

「我……」

「所以，妳一定做得到的。」

——不行的。

游諾天的話讓胡靜蘭感受到一陣溫暖，可是除了哭泣之外，她什麼都做不到。她很想停下眼前的一切，可是超能力早已脫離她的控制，這是一隻凶猛、殘暴、飢渴的猛獸，在毀掉一切之前，它都不會停下來。

「對不起……」

胡靜蘭用力抱緊游諾天，就在她要閉上雙眼之際，她駭然看到一片尖銳的金屬碎片從眼前射來。

它的前方，正是游諾天的頭顱。

胡靜蘭慌忙想要推開游諾天，可惜游諾天雖然已失去意識，但身體仍然緊緊抱著她，即使她花盡氣力都不可能推開他。

如果被它刺中，游諾天必死無疑。

「不可以！」

胡靜蘭立即伸出右手，可惜金屬碎片沒有停下來，繼續往前射出。

不消半秒，游諾天的頭顱就要被刺穿。

「給我停下來！」

胡靜蘭不顧危險把右手擋在金屬碎片跟前，之後金屬碎片刺穿她的掌心，並且順勢刺向游諾天的頭顱——

終章

這樣才有打倒的價值

「哥哥，我想當超級英雄！」

「而且要當像星銀騎士那樣帥氣的超級英雄！」

游諾天慢慢睜開雙眼，白色的天花板隨即映入眼簾。

「醒來了嗎？」

卡迪雅的聲音從旁邊傳來，游諾天轉過頭，不料肩膀馬上一陣劇痛，他沒能忍住，低叫了一聲。

「……這是哪裡？」

「一星期前才出院，馬上就不認得了嗎？」

卡迪雅笑著說道，游諾天卻皺起眉頭盯著她。

「……結束了嗎？」

果然如游諾天所料，話一出口，卡迪雅馬上收起笑容，然後嘆了一口氣。

「如果你是指明星遊樂園的事情……是的，結束了。」

卡迪雅又嘆了一口氣，之後雙手捧起咖啡杯，慢慢喝了一口。

「最後……怎樣了？」

「我們拘捕了ＮＣ電視臺的編導端木直，其他人的證供都說他親口承認自己是ＳＶＴ

的人，另外我們也扣留了其他工作人員以及導演協助調查。」

「也就是說，ＳＶＴ是真實存在的？」

「沒錯。」卡迪雅又喝了一口咖啡：「除了端木直，ＬＣ事務所的執行製作人周卓珊也親口承認自己隸屬ＳＶＴ，可惜我們找不到她，她應該是趁混亂逃走了。」

「等一等。」游諾天突然感到不安，「ＬＣ事務所……不就是Legend Chaser嗎？」

卡迪雅稍微頓了頓，之後點了點頭。

「ＬＣ的爆靈，雖然未曾親口承認，但從她的行動來看，我們有理由相信她也是ＳＶＴ的成員，可是她僥倖逃過凶刃的追捕，現在下落不明。」

游諾天說不出話。

他從沒想過會在這種場合得知爆靈的消息，而且恐怕沒有比這個更壞的消息了，所以他實在不知道該怎樣反應。

沉默過後，游諾天悄然握起拳頭，毅然說道：「妳還有一件事沒告訴我。」

聽到他這個問題，卡迪雅本來一直凝重地看著前方的臉孔，終於重新掛上笑容。

「這個嘛，與其由我來說，不如讓她本人來說吧？」

卡迪雅對著房門說道，最初沒有任何動靜，但二人等了一會，房門終於緩緩往內打開。

進來的人正是胡靜蘭。

胡靜蘭低垂著頭，似乎是不敢面對二人，游諾天見到她這個樣子，難免有點心痛。

然而，他沒有忽略兩件重要的事情。

胡靜蘭的右手受傷了。

更加重要的是，她現在沒有推動輪椅，輪椅卻如同擁有生命一般，慢慢向前滾動——

——竟然是這樣。

爆靈躲在昏暗的街巷之中，回想起幾天前發生的事情，直到現在她都不能恢復過來。

——胡靜蘭竟然就是星銀騎士！

「原來……這就是你們的秘密……」

「終於找到妳了。」

忽然一個甜美的聲音從身邊傳來，爆靈二話不說運起超能力，但在出手之際，她總算認出眼前的人。

是周卓珊。

「……妳逃出來了嗎？」

「妳該不會以為英管局抓住我之後，我還可以這樣和妳見面吧？」

周卓珊突然往前丟出一個塑膠袋，爆靈稍微一怔，但也馬上接過它。

「先吃點東西吧。妳應該有幾天沒吃東西了？」

周卓珊猜得沒錯，這幾天爆靈都在逃亡，別說是休息，連吃東西的餘暇也沒有，她只能夠從垃圾堆中找到沒有喝完的瓶裝水，不顧衛生地喝下去。

所以爆靈立即打開眼前的塑膠袋，狼吞虎嚥地把裡面的食物全部吃掉。

「是時候回去了。」

周卓珊笑著說道，同時她走到爆靈身前，溫柔地替爆靈拭去嘴邊的食物碎屑。

爆靈不禁僵在原地，嚥一口氣之後問道：「……回去哪裡？」

「當然是我們的大本營啊，難道妳想回去LC嗎？」

見周卓珊似笑非笑，爆靈不知道該怎樣回答，只能夠默默低下頭。

「好了，妳不要太擔心，雖然我們都沒想到那個女的就是星銀騎士，英管局也及時封鎖消息，不過計畫仍然在進行。」

周卓珊握起爆靈的手，露出燦爛的微笑。

「而且要是計畫一切順利，不是太沒趣了嗎？他們越是厲害，事情才會越有趣。」

她踮起腳尖，把嘴巴貼到對方耳邊。

「因為，這樣才有打倒的價值。」

聲音雖然甜美，一股惡寒卻霍地竄上爆靈心頭，她說不出任何話，只能如同受周卓珊擺布似的，默默點頭。

《新世紀超級英雄03星銀騎士的歸來》完

敬請期待更精采的《新世紀超級英雄04》

天罪 NOVEL
ILLUST 夜風
打工勇者
05
銀霧魔女失蹤，漆黑騎士代工！
桃樂絲一黨大玩COSPLAY！
打工勇者 01
打工勇者 02
打工勇者 03
打工勇者 04
打工勇者 05

什麼！
なに
我是征服世界的好苗子？
Novel
矛盾
Illust
薩那SANA.C
Am I a World Conqueror?
找好夥伴，脫離現實，與外星少女一起征服地球吧！
全套五集，全國各大書店、租書店、網路書店熱賣中！
典藏閣
華文聯合出版平台
www.book4u.com.tw
采舍國際
www.silkbook.com
不思議工作室
立即搜尋
版權所有© Copyright 2016

不可以用超能力談戀愛
南門椅子
ILLUST Flyking
Yes?No? Don't Use Superpower!
賭上戀愛遊戲之神
的戰爭即將開始！
全套2集、全國各大書店、網路書店、租書店、持續熱賣
全套2集，一起來攻略超能力美少女！
典藏閣
華文聯合出版平台
www.book4u.com.tw
采舍國際
www.silkbook.com
不思議工作室
立即搜尋
版權所有© Copyright 201

羊角系列035

新世紀超級英雄03

星銀騎士的歸來

出版者■典藏閣
作　者■奇梵　　　　　繪　者■Naive
總編輯■歐綾纖
封面設計■Snow Vega
製作團隊■不思議工作室
郵撥帳號■50017206 采舍國際有限公司（郵撥購買，請另付一成郵資）
台灣出版中心■新北市中和區中山路2段366巷10號10樓
電　話■(02)2248-7896　　傳　真■(02)2248-7758
物流中心■新北市中和區中山路2段366巷10號3樓
電　話■(02)8245-8786　　傳　真■(02)8245-8718
ISBN■978-986-271-740-0
出版日期■2017年1月

全球華文國際市場總代理／采舍國際
地　址■新北市中和區中山路2段366巷10號3樓
電　話■(02)8245-8786　　傳　真■(02)8245-8718

新絲路網路書店
地　址■新北市中和區中山路2段366巷10號10樓
網　址■www.silkbook.com
電　話■(02)8245-9896
傳　真■(02)8245-8819

☞您在什麼地方購買本書？☜

1. 便利商店（________市／縣）：☐7-11　☐全家　☐萊爾富　☐其他________

2. 網路書店：☐新絲路　☐博客來　☐金石堂　☐其他________

3. 書店（________市／縣）：☐金石堂　☐蛙蛙書店　☐安利美特animate　☐其他____

姓名：________地址：________________________

聯絡電話：____________　電子郵箱：________________________

您的性別：☐男　☐女　　您的生日：西元________年________月________日

（請務必填妥基本資料，以利贈品寄送）

您的職業：☐上班族　☐學生　☐服務業　☐軍警公教　☐資訊業　☐娛樂相關產業
☐自由業　☐其他________

您的學歷：☐高中（含高中以下）　☐專科、大學　☐研究所以上

☞購買前☜

您從何處得知本書：☐逛書店　☐網路廣告（網站：________）　☐親友介紹
（可複選）　☐出版書訊　☐銷售人員推薦　☐其他________

本書吸引您的原因：☐書名很好　☐封面精美　☐書腰文字　☐封底文字　☐欣賞作家
（可複選）　☐喜歡畫家　☐價格合理　☐題材有趣　☐廣告印象深刻
☐其他________

☞購買後☜

您滿意的部份：☐書名　☐封面　☐故事內容　☐版面編排　☐價格　☐贈品
（可複選）　☐其他

不滿意的部份：☐書名　☐封面　☐故事內容　☐版面編排　☐價格　☐贈品
（可複選）　☐其他

您對本書以及典藏閣的建議________________________

____

____

✌未來您是否願意收到相關書訊？☐是　☐否

✍感謝您寶貴的意見✍

印刷品

$3.5
請貼
3.5元
郵票
不思議信箱
FUSIGI POST

235 新北市中和區中山路二段366巷10號10樓
華文網出版集團 收
（典藏閣－不思議工作室）